拘留

『我在东北当警察』系列

程琳／著

江苏凤凰文艺出版社
JIANGSU PHOENIX LITERATURE AND
ART PUBLISHING, LTD

图书在版编目（CIP）数据

拘留 / 程琳著. — 南京：江苏凤凰文艺出版社，2019.8

ISBN 978-7-5594-3860-7

Ⅰ.①拘… Ⅱ.①程… Ⅲ.①长篇小说－中国－当代 Ⅳ.①I247.5

中国版本图书馆CIP数据核字(2019)第147921号

书　　名　拘　留

著　　者　程　琳
责任编辑　孙金荣
特约编辑　张　丽
责任校对　张婉宜
出版统筹　孙小野
封面设计　王超男
版面设计　张彩霞
出版发行　江苏凤凰文艺出版社
出版社地址　南京市中央路165号，邮编：210009
出版社网址　http://www.jswenyi.com
印　　刷　三河市嵩川印刷有限公司
开　　本　700毫米×1000毫米 1/16
印　　张　18.5
字　　数　218千字
版　　次　2019年8月第1版　　2019年8月第1次印刷
标准书号　ISBN 978-7-5594-3860-7
定　　价　42.00元

目录

C O N T E N T S

第一章
CHAPTER 1 〉

－1－

苏岩走向电梯时，杜娟迎面走过来。苏岩掏出手机，一边假装打电话，一边站在窗前利用玻璃的反射，偷偷地瞅。

杜娟的身形很婀娜，她的肩部、胸部和腰部连接起诱人的曲线。走路时，曲线像波浪一样起伏。

杜娟在公安局很引人注目，对这样的警花，苏岩大都敬而远之。

但这次杜娟走到苏岩的身后站住了。苏岩只好合上手机，转身很客气地看着杜娟。

杜娟说："你这是要干什么去呀？"

苏岩说："我去抓人。"

杜娟说："你去抓人？"

杜娟用圆圆的眼睛望着苏岩。她进公安局时间不长，对这些诸如抓人什么的还有些好奇。

杜娟说："你抓的这个人是干什么的？"

苏岩说："是个骗子！"

杜娟说："那你带我去呗！"

苏岩说："你去干什么？"

杜娟说："我去看看，回来之后，我给你写个报道。"

－2－

怕在走廊里碰到同事，苏岩领着杜娟走的是东面的楼梯。

杜娟说："咱们怎么不坐电梯呢？"

苏岩向外指了指："我的车就停在这个楼门口，这么走近。"

苏岩的车是崭新的广州本田。20世纪90年代，警察里有车的都不多，有这种算得上是高档新车的更是寥寥无几。上了车，苏岩以为杜娟会问，这是你自己的车吗？但杜娟不关心车，她只关心去抓这个人有没有危险。

苏岩说："一点儿危险都没有。"

杜娟说："那你带枪了吗？"

苏岩说："我带了。"

杜娟说："在哪儿呢？你让我看看。"

苏岩说："你不用看，咱们不会用的。"

杜娟说："你怎么知道不会用呢？你抓的这个人要是反抗怎么办？"

苏岩说："他不会反抗的！一会儿，只要我说我是苏岩，他保证吓得连话都不会说。”

苏岩白白净净，文质彬彬，这样的警察还能把人吓得连话都不会说？

杜娟劝苏岩：“你还是回去取一支枪吧！”

苏岩说：“我带枪了。”他掀开衣服，让杜娟看了看腰上的枪。

杜娟十分不解，“刚才你就让我看看你的枪不就完了。”

杜娟刚才说话时，小嘴离苏岩的脸很近。女孩身上的气息，特别是那淡淡的香水味，使得苏岩腰下的“枪”竟然支起了帐篷。

现在帐篷虽然小了下去，但杜娟却伸出手去摸苏岩腰上的枪。她问：“你这枪里有子弹吗？”

苏岩说：“当然有了。你快别摸了，子弹上膛了，小心走火！”

杜娟急忙把手拿开，有些后怕：“要是走火的话，子弹就会自己射出来了，是吗？”

苏岩说：“是。”

– 3 –

苏岩开车拉着杜娟来到南江宾馆门前，阎刚走过来。

苏岩按下车窗问他：“魏治国呢？”

阎刚说：“在 617 房间呢。”

苏岩说：“给他打电话。”

阎刚掏出了手机，“治国啊，我在楼下呢。不上去了，我车里有个小妹妹……一起吃个饭……好的，好的，我等你！”

阎刚合上手机时，手有些哆嗦。

苏岩说："是他骗你钱了，不是你骗他钱，你怕什么呀！"

阎刚说："这小子认识很多人！"

苏岩说："认识很多人怎么的？他认识我吗？真有意思，阎刚，现在是我在给你撑着，你谁都不要怕！"

抓一个诈骗犯不至于要说这么多话。

当着杜娟的面，苏岩的表现难免有些"生机盎然"。

苏岩正滔滔不绝地说着，一个胖子从宾馆里走了出来。

阎刚指了一下，就钻进了自己的车里。

苏岩领着杜娟来到了那个胖子跟前。

苏岩说："你是魏治国吧？"

魏治国说："你谁呀？"

苏岩一个字一个字地说："我是苏岩！"

魏治国似乎感到很疑惑："苏岩？苏岩是谁呀？"

林河这个地方很小，当时在社会上混的，一般都认识苏岩。

苏岩说："你跟我装是不是？"

魏治国说："我跟你装什么呀！"说着，他一拳狠狠打在了苏岩的肚子上。

一个腹黑的骗子不仅不认识自己，还主动来这一套，实在让苏岩想不到。想不到就防不到，魏治国的这一拳直接把苏岩打得蹲在了地上。

杜娟吓蒙了，指着魏治国哆哆嗦嗦地问："你……怎么打人呢？"

魏治国摸着杜娟的手："他欠打，这能怪我吗！"

杜娟推开魏治国，"你……老实点儿啊，他是警察！"

魏治国笑了，“警察怎么的？我今天打的就是警察！”

那个时候警察是惹不起的。打警察跟打皇帝差不多。杜娟以为苏岩会站起来掏出枪，没想到苏岩只掏出了工作证。他对魏治国说：“魏大哥，实在是抱歉啊，我真是警察！”

杜娟惊讶地看着苏岩，跟着这样的警察来抓人，她自己都觉得没面子。

好在看到了工作证后，魏治国的态度好了一些，他问苏岩：“你找我什么事儿啊？”

苏岩说：“阎刚到我们队里去报案，说你骗了他两万块钱，我觉得他说的有水分，所以，就来问问你！”

魏治国说：“你问问我就对了，他说的不是有水分，他是在胡说八道。我压根儿就没骗他，是他骗了我两万块钱。”

苏岩说：“那这样，你跟我回去做个笔录好不好？”

魏治国说：“不好，我现在没时间。”

苏岩说：“魏大哥，一个笔录就几分钟的事儿！给我个面子行吗？”说着，苏岩还从兜里掏出了传唤证。

魏治国看了看传唤证，又看了看苗条漂亮的杜娟，才对苏岩说：“好吧，我给你这个面子。”

–4–

回到局里，苏岩要把杜娟支开：“谢谢你啊，今天帮我把这个骗子抓回来。现在，你回去忙吧！”

杜娟说:“我不忙。你赶紧审他呀！我再跟着看看。”

苏岩不想让杜娟跟着,“这没什么好看的！”

杜娟说:“这个骗子太狂了，在大街上就敢打警察！我要看看你怎么收拾他！”

苏岩说:“我不能收拾他！”

搁过去在刑警大队要是碰到这样的，苏岩得往死里收拾，来到了经侦大队后，苏岩温和多了。

苏岩问魏治国:“你来林河多久了？”

魏治国说:“两年多了。”

苏岩说:“两年多了，你还没听说过我吗？”

魏治国说:“怎么了，你在林河还很牛逼吗？”

苏岩不高兴了:“你说话注意点儿！”

魏治国说:“我注意什么呀？”他看了看旁边的杜娟:“我刚才的话里说‘逼’了是吗？”

杜娟指着魏治国，十分气愤:“你老实点儿啊！这里是公安局。”

魏治国说:“小妹妹，你别吓唬我啊，我胆小！你是新来的吧？你和这个小警察在搞破鞋吧……”

杜娟被魏治国说得满脸通红。

苏岩压着火:“魏治国，别说没用的，行吗？”

魏治国说:“行啊！”

苏岩说:“那现在你把诈骗阎刚 20 万的事儿说说吧！”

魏治国指着苏岩的鼻子，骂道:“刚才你可说是两万啊，现在放屁工夫就变成 20 万了。你他妈的是不是找死啊！”

好些年没碰到这样的神经病了，苏岩好奇地看着。

杜娟看不下去了，指着魏治国："你太过分了啊！"

魏治国对杜娟也喊了起来："是我过分还是他过分呢？刚才他明明说是两万嘛！"

苏岩不想再和他废话了："魏治国，你再这样，我给你送进去了啊。"

魏治国说："别吹牛逼了。你要是敢把我送进去，我就去告你！"

苏岩说："你告我什么呀？"

魏治国说："我告你打我了。"

杜娟都看不下去了，对苏岩说："既然他这样诬陷你，你干脆就打他一顿吧！"

苏岩对杜娟说："那你出去一会儿。"

杜娟说："我不出去，我帮你打他！"

苏岩把办公室的门关上，给魏治国戴上了手铐。

魏治国见真要打他，用戴着手铐的手指着苏岩："我可警告你啊，检察院我有朋友！"

苏岩说："怪不得你这么狂，原来检察院你有朋友啊！"

–5–

苏岩先是用一条毛巾堵住了魏治国的嘴，接着用另外一条毛巾缠在了魏治国的胳膊上。

苏岩对魏治国耐心地解释着："有了这条毛巾垫着，你胳膊上连条印儿都不会有。你到检察院告我也白告。”

把毛巾缠好后，苏岩用条绳子，以一种特殊的方式勒住了魏治国的胳膊。这叫“上绳”。

杜娟刚来公安局不久，对上绳都没听过。她问苏岩：“你这样就算打他了？他能疼吗？”

苏岩说：“他应该能疼！”

杜娟好奇地看着。

上绳的时间必须掌握好。苏岩看到魏治国的头上出现细微的汗珠，就解下绳子，用双手摇晃着魏治国的胳膊。

一瞬间，血管里的血液急速地奔向了心脏里！

这时的魏治国像变成了另外一个人，脸上流露出痛苦的表情。

怕魏治国出问题，苏岩拿出堵在魏治国嘴里的毛巾。苏岩警告他说：“你要是敢喊，我就再给你上两绳。”

一绳魏治国就彻底老实了，他跪在地上不停地说：“我错了，我错了。我再也不敢了。我承认我骗了阎刚 20 万。对不起啊，苏哥，刚才我有眼不识泰山……”

– 6 –

做完笔录，办完手续，苏岩让同事把魏治国送去看守所了，杜娟还赖在办公室里不走。

苏岩说：“这个案子今天就到这儿了。你现在回去吧！”

杜娟没接这个茬儿，她还沉浸在刚才的惊讶里，她说：“那个上绳真的会让人那么疼吗？这是什么原理啊？”

苏岩说：“平时，你的腿要是长时间不动，猛地站起来，是不是不敢走？你感觉会很疼，对吧？就是这个原理。”

杜娟说：“就算是这个原理，那魏治国也不至于跪在地上求饶啊！你看他开始多狂啊！怎么上了一绳，就成这个熊样了？”

苏岩说：“叫唤的狗不咬人，魏治国这样的都是在装蛋，他属于外强中干，狗屁不是那伙的。”

杜娟说：“那你属于哪伙的？”

苏岩说：“我也属于狗屁不是那伙的。”

说完这些话，苏岩看了看表。现在他没工夫和杜娟再说更多的话。但杜娟这个时候仍没走的意思。她竟然对苏岩提出：“你给我也上一绳呗！”

苏岩说：“干吗呀？”

杜娟说：“我想体验一下。”

苏岩说：“算了算了，我现在没时间。”

杜娟说：“上一绳，也耽误不了你多长时间。”

在杜娟的反复哀求下，苏岩只好轻轻地给杜娟上了一绳。尽管是轻轻的，但杜娟还是疼得几乎要瘫倒。

苏岩问她：“什么感觉？”

杜娟说：“就像有小兔子在挠我心。”

－7－

魏治国的姐姐叫魏丽，姐夫叫陈铁军。他们找到苏岩，说他们的弟弟得病了。

苏岩说："他得什么病了？"

陈铁军说："他得的是心脏病。"

魏丽从兜里拿出一堆诊断，递给苏岩："我弟弟的病可严重了。"

苏岩没看，直接说："既然他的病很严重，那你们抓紧时间把钱准备好。"

魏丽说："可我们现在一下子拿不出那么多的钱。"

苏岩说："那就没办法了。"

陈铁军说："苏队长，你看看能不能先拿一半？"

苏岩说："你在这儿买菜呢？你弟弟现在是涉嫌诈骗犯罪，这个钱你们必须无条件地返回来。"

陈铁军说："如果我们把钱返回来，你就能放我弟弟吗？"

为了最大限度为被害人追回赃款，当时市里对经侦工作有"说法"。

苏岩假装不高兴了："你这么说，明显是不信任我，这样，你们再找找别人吧！"

陈铁军说："我们谁也不找，我们就信任你了！"

苏岩说："别忽悠我了。"

魏丽说："苏队长，我们没忽悠你，你放心，我们保证谁也不找。"

苏岩说："我不是怕你们找。我只是提醒你们，现在社会上能办事的有不少都是骗子。越是那些说大话的，你们越得小心。"

两个人被苏岩说得不断地点着头。

看他们的表情，似乎真的相信了苏岩。苏岩心里也确实不希望他们再去求别人。

现在不仅有骗子，也有能人。如果他们真的把钱花在硬实人身上，苏岩也确实不好办。

– 8 –

苏岩开车来到了看守所。他把魏治国提到了审讯室。

魏治国被剃成了秃子，昨天的狂妄已经没了踪影，他见到苏岩就说：

“原来你就是社会上传说的那个苏哥呀！苏哥呀苏哥，你可把我坑苦了。”

苏岩说：“我怎么把你坑苦了？”

魏治国说：“昨天你抓我的时候，你干吗要说你是苏岩哪，你要是说你是苏哥，我直接跪下不就完了，何苦还要遭这么大的罪呀！”

苏岩不愿意听这种话，“哎，在看守所里感觉如何？”

魏治国哽咽了：“快让我出去吧，我受不了。这帮人简直要吃了我。”

魏治国第一次进看守所，没什么经验，到了号里依然牛逼哄哄，结果被每天闲得要死的牢头狱霸狠狠收拾了。

魏治国说：“亏得我提你来的，要不然，现在你可能都看不到我了。”

苏岩从包里拿出香肠等食品，魏治国狼吞虎咽地吃着。

苏岩又拿出整盒的中华烟。魏治国抽出一支点燃，深深地吸一口，这口烟，他没马上吐出来。魏治国闭上眼睛，似乎在尽情地享受着香烟在他身体里穿行所产生的快感。

苏岩说："魏治国，我今天来就问你一句话，你什么时候能把钱拿来？"

魏治国开始搪塞："我姐和我姐夫正凑呢！"

苏岩不高兴了："现在你给我个准信儿。如果你觉得我抓错了，你一分钱也不用拿……"

魏治国说："苏哥，别急眼啊！你放心吧，我马上就让他们去凑钱。最迟，明天晚上就把钱给你送去！"

苏岩临走前，魏治国把中华烟从烟盒里拿出来，一支支捻进衣服的缝隙里。

苏岩说："你这是干吗呀？"

魏治国说："我要把这些烟带进号里给老大抽。"

–9–

看守所与公安局有一段距离。

苏岩摇下车窗，缓慢地开着车。早春的风夹杂着湿润的潮气，有点儿凉！苏岩选了一盘音乐，这是一个什么外国大师演奏的钢琴曲。

钢琴曲柔曼舒缓，和着本田发动机平稳的轰鸣。

进到公安局的院子里，一个苗条的背影正向楼门口走。

苏岩以极慢的速度跟在身后。

杜娟手里拿着一本书文静地走着，她的头发挽起，发卡反射出金属的光泽。苏岩隐约看到她脖子上一小段透明的皮肤。

– 10 –

办公室的门开着，屋子里只有杜娟一个人在低头看书。

苏岩走进去，问她："看什么书呢？"

杜娟吓得一哆嗦。

苏岩说："对不起啊！"

杜娟没介意："刚才，我往你办公室打电话，没人接。"她拿出了几张纸："这是我写的报道。"

苏岩看完急了："你把我上绳的事儿怎么都写进去了？这要是报道出来，你等于砸了我的饭碗。另外，你还不算正式警察，你不能参与办案……"

杜娟的脸色十分难看，苏岩就没再往下说："你们科长看了吗？"

杜娟说："看了，他批评我了。"她叹着气，"我不是警校毕业的，我没接触过警察的业务，苏哥，你说我是不是不适合在宣传科工作啊！"

苏岩想说，你这样的，其他科就更不适合了。

苏岩说："刚开始工作都这样，你还不知道我呢，刚上班的时候，领导每天得批评我好几次。"

杜娟没吱声，用圆圆的眼睛看着苏岩。

苏岩说："这个报道要不我替你写算了。"

杜娟说："你今晚有事儿吗？"

苏岩说：“干吗？”

杜娟说：“我想请你吃饭。”

苏岩有点儿发蒙。

杜娟说：“你别多想啊，你带我去抓人，还帮我写文章，我就是想感谢感谢你！”

苏岩说：“举手之劳，不用感谢！”

杜娟说：“晚上五点四十，咱俩在公安局的东门集合。”

– 11 –

苏岩提前来到车里，他把座位放平躺下，透过风挡玻璃，观察着大楼里的一个窗户。由于角度的关系，他看得不是很清楚。

五点三十分，苏岩把车停在公安局的东门。这时，天已经暗下来了。五点三十五分，杜娟一步步向他的车走来。

杜娟换上了深颜色的套装，风将她的衣角掀起。优雅的步履中，裤角里的肉色袜子时隐时现。

来到车跟前，苏岩在里面打开了车门。

杜娟上车后，对苏岩说：“车里可真暖和。你等我半天了吧！”

苏岩说：“没有，我也是才来。”

杜娟说：“我看你不到五点半就上车里了。”

苏岩说：“你看到我了？”

杜娟说：“下班前，我没什么事儿，就趴在窗户前看你的车，我看你上了车，我以为我把时间说错了呢！”

苏岩说：“你没有说错。我看天儿挺冷的，就早点儿来把暖风打开了。”

– 12 –

苏岩要到一个像样的饭店，杜娟似乎不想让别人看到，就委婉地建议到一个小饭店。苏岩开车转悠了好一会儿，才在一个名叫飘香楼的小饭店门前停下。

饭店的门前冷冷清清，一辆车都没有。

进了饭店，里面也和门前一样冷清。

苏岩和杜娟找了个雅间，要了几个菜慢慢地吃着。

今天吃饭的主题是杜娟要感谢苏岩为其写文章。可两个人压根儿就没提这茬儿。他们谈着魏治国，谈着宣传科的科长，最后他们连台湾将来一定会回到祖国的怀抱都谈到了。

吃完饭走出饭店，天空下起了淅淅沥沥的雨。杜娟用手接着雨，还把脸抬起迎着雨。

苏岩说：“赶紧上车，别冻着。”

他们开着车缓缓地穿行在绵绵的春雨里。

杜娟说：“你知道我最喜欢什么吗？我第一喜欢下雨，第二喜欢坐车，今天全都赶上了！”

风挡玻璃上的雨刷器不断地将雨水划开，车里的音乐、昏暗的天宇以及眼前不断迎面闪烁的车灯光，和谐地交融。

杜娟温柔地坐在身旁，苏岩觉得这个世界有点儿诗情画意。车里的热气集结在风挡玻璃上，视线变得模糊。怕影响开车，杜娟用手巾细致地擦着风挡玻璃。这个举动，使得杜娟贴近了苏岩。杜娟挥动胳膊时，苏岩能感觉到他的肩膀碰到了杜娟坚挺的乳房。

– 13 –

早晨刚到单位，局长陈凯鸣给苏岩打电话，让他到办公室来一趟。苏岩过去给陈凯鸣当过秘书。凭着这层关系，苏岩在局里有点儿特殊。一般人他不尿。

进了局长的办公室，陈凯鸣正在看报纸。苏岩来到陈凯鸣的跟前，给局长的杯子添满了茶水，接着又给自己倒了一杯茶。他端起茶杯刚想喝，陈凯鸣就把报纸摔在了苏岩的脸上。

苏岩知道不好，便放下茶杯站在局长面前一动不动。

陈凯鸣说：“你打魏治国了？”

如果别人问，他会否认，但局长问他不敢。他说：“是的。我打他了。”

陈凯鸣说：“怎么打的？”

苏岩说：“给他上绳了。”

陈凯鸣指着苏岩的鼻子，“上个礼拜，我在大会上强调，宁可不破案，也不准动嫌疑人一指头，这你记得吗？”

苏岩说：“记得。”

陈凯鸣说：“记得为什么还去犯错误？”

说着，陈凯鸣还不轻不重地给了苏岩一个耳光。

苏岩没吱声，他了解陈凯鸣。陈凯鸣发怒骂人打人，反而说明事儿不大。

陈凯鸣打了骂了，然后就说：“魏治国向检察院告你了。检察院到看守所查了他的身体，虽然没查出伤，但赵检给我打电话，认为魏治国说的还是可信的。这个事儿，你看怎么办？”

苏岩说：“我听你的。”

陈凯鸣说：“既然你确实是动手了，那就不要因小失大。抓紧时间，把魏治国放了吧！”

– 14 –

陈凯鸣让苏岩放了魏治国是怕苏岩因办案被抓。

但苏岩可不想就这么轻易地放了魏治国。魏治国告自己，苏岩不怕。当时只有杜娟在场。只要杜娟不说，检察院对他也无可奈何。

苏岩找到了杜娟问她：“检察院找你了吗？”

杜娟说：“没有啊！”

苏岩完全放心了。看起来，检察院也没想查他。检察长给局长打电话，无非是想卖个人情。

杜娟说：“怎么了，你有麻烦了吗？”

苏岩说：“没有。”他告诉杜娟：“如果检察院找你了解魏治国的事儿，你可不能说我打他了。”

杜娟说：“这我知道。”

这个案子已经捅到了检察院，当务之急要迅速结案。

苏岩对杜娟说：“魏治国这个案子，你还得配合我一下。”

杜娟说：“怎么配合呀？”

苏岩说了自己的想法。

杜娟却不愿意：“这样不好吧？这么做，我不等于骗他吗？”

苏岩说：“骗他就骗他呗！魏治国本来就是个骗子。咱们骗他也是为了工作。”

杜娟说：“警察的工作难道就是骗人吗？”

苏岩说：“我们骗的不是人，我们骗的是罪犯。你知道吗，这个魏治国骗了人家20万。20万什么概念，能买三套100平方米的房子……”

苏岩苦口婆心劝杜娟时，杜娟却扑哧笑了。

苏岩说：“你笑什么呀？”

杜娟说：“逗你玩呢！你不就是让我去骗人嘛，这个我会！”

– 15 –

那个年代的看守所不像现在管得这么严。由于认识管教，苏岩提审魏治国时，直接来到了监舍的门前。

魏治国押在五号。押在这个号里的不少嫌疑人都认识苏岩。他们一口一个苏哥地叫着，感觉苏岩是他们爹似的。

魏治国走出监舍的门，目光始终躲着苏岩。

进了提审室，早在等候的杜娟拿起相机对着魏治国一阵拍照，拍得魏治国有点儿发毛。

苏岩对魏治国说：“昨天你向我保证今天就把钱返回来，钱呢？”

魏治国说：“你听我解释。”

苏岩说：“你解释个屁！你是不是又欠收拾了？”

魏治国头上的汗下来了。

苏岩说：“干吗要告我？”

魏治国说：“苏哥，你别误会。我没告你。我只是把我的事儿，向驻所的检察官反映了一下。”

苏岩说：“你反映什么呀？”

魏治国说：“我冤哪！”

苏岩说：“你还冤？你骗了阎刚20万……”

魏治国说：“那20万我没骗他，我是借他的。”

魏治国这么说，应该是有人给他出主意了。如果是借20万，就不是诈骗，而是纠纷。这不归公安局管，得到法院去起诉。即便官司打赢了，20万也不见得能追回。

魏治国说：“苏哥，别生气啊。你说我诈骗阎刚20万，证据其实不是很足，对吧？”

那个年代，类似的经济诈骗案多如牛毛，警察没工夫也没精力把每个案子都搞得像现在这么扎实。魏治国显然抓到了苏岩的软肋。

苏岩说：“魏治国，你不仅告我收拾你，还告我证据不足，看起来，现在我只能把你放了，是吧？”

魏治国说：“苏哥……”

苏岩说："今天我要是就这么把你放了，你出去了，还能叫我苏哥吗？"他指了指杜娟："知道她是谁吗？"

杜娟从兜子里拿出了一堆报纸，放在了桌子上。报纸上是苏岩精心挑出来的各种侦破纪实。

杜娟把报纸摊开，一张一张地放在了魏治国的面前。她指着其中的一篇说："你看看，这就是我写的。"

杜娟说得很自然，好像真是她写的。

这篇文章，写的是一个假律师诈骗十万元的案子，全文能有5000多字。在报纸的显要位置还有嫌疑人的大照片。

杜娟说："这个假律师骗了很多人，但当时来报案的只有一个，金额还不到一万块钱。你看，"杜娟又给魏治国找到了一张粘贴的报纸：

"我给你念念啊，'本报讯，4月15日，我报刊登了长篇纪实《假律师，撕下你的伪装》。文章发表后，又有13名被害群众相继到公安机关报案，截至目前，已核实案件16起，金额超过10万元，目前，犯罪嫌疑人已被检察机关批准逮捕……"

杜娟念完，魏治国大概明白了什么。

苏岩对魏治国说："刚才，你不说我抓你证据不足嘛！现在我就帮你再找点儿证据。姓魏的，你听着啊，要是你能肯定就骗了阎刚一个人，那你给我挺着啊。明白告诉你，最迟后天，你的照片就会登在咱们市的日报上。"

魏治国傻眼了，像他这种骗子肯定还骗过别人。他急忙对苏岩说："能把你的电话给我用用吗？"

苏岩把电话递给他，魏治国拨通了电话："大姐吗？我是治国，你们现在听我说，别再乱找人了……"

电话传来急促的声音，魏治国不耐烦地喊道："你们什么都不用说了，你们拿的钱就算我借你们的，我求求你们，可千万千万别再整没用的了，20 万就 20 万吧！我出去之后，一分不少地全都还给你们，你们必须在今天下班前把钱拿去，你们要是觉得我还是你弟弟，就这么办，要是办不了，你们马上让你弟妹来找我……"

魏治国打完后把电话递给苏岩，继续埋怨着："我这个姐夫可操蛋了，总以为我会黄了他的钱。我是那样的人吗？你不知道，苏哥，我这个事儿，坏就坏在他的身上！"

苏岩把手机放进了包里。

魏治国看着苏岩的眼睛，最后无比庄重地说："放心吧，今晚下班前，20 万会百分之百地送到你的办公室。"

– 16 –

叶建林过去和苏岩都在刑警大队。苏岩到了经侦大队以后，就劝叶建林也过去。叶建林当时是副大队长，不想去。苏岩说："经侦没有大队长，你来的话，你就是了。"叶建林是副科，大队长是正科。那个年代，在地市级公安局提个正科很难。苏岩想办法让叶建林到了经侦。虽然还是副大队长，却是主持工作。

主持工作意味着提正科提正职指日可待。叶建林对苏岩充满了感激。

苏岩说："我和你投脾气，你领导我，我心里舒服。"

苏岩的能量这么大，叶建林哪敢领导苏岩？所以，在经侦大队，苏岩才是老大。当然了，苏岩从不以老大自居，大事儿小事儿都向大哥汇报。

开始，苏岩搞魏治国的案子上了绳，叶建林有些担心，见到20万现金都被追回来，叶建林更担心了。他反复质问苏岩：“你是不是让号里的人收拾魏治国了？”

苏岩说：“没有。”

叶建林说：“没有，魏治国会乖乖地把钱送来？”

苏岩耐心地解释着：“大哥，魏治国都把我告检察院了，这个时候我再让人收拾他，那我得傻成什么样啊！”

叶建林说：“你真没收拾他？”

苏岩说：“我真没收拾他。”

见叶建林满脸疑惑，苏岩就把杜娟跟着一起忽悠魏治国的事说了。

叶建林这才相信。当然，信了之后，叶建林免不了对苏岩和杜娟的关系产生了好奇。杜娟在公安局很引人注目。他问苏岩：“你和她有事儿了？”

苏岩说：“我和她什么事儿都没有。大哥，你别多想啊！”

叶建林说：“我没多想，但你肯定看上她了，对吧？”

苏岩说：“就算我看上她，她也得看上我才行啊！我真不骗你，就算她看上我，我也不会和她往下发展的！”

叶建林说：“什么意思？”

苏岩说：“我可不想找个警察当媳妇。”

叶建林不信。

苏岩说：“找个警察当媳妇，想想就没劲儿。白天在单位见，晚上还得在被窝里见，一点儿新鲜感都没有。”

叶建林哈哈笑了:“说的也是啊!”

苏岩嘴上说不想娶杜娟，只是自我安慰。杜娟不仅漂亮，穿的戴的全是名牌。对这样吃穿不愁的女孩，苏岩大都不往深了想。因为想也是白想。

– 17 –

苏岩到看守所释放魏治国时，自始至终阴着脸。这让魏治国心里没底了。

苏岩说:“虽然你返回了诈骗的赃款 20 万，但这也只能算你态度好，你诈骗了这么多钱，根据法律，你至少得十年，这你明白吗?”

魏治国说:“明白。”他的脑袋上全都是汗。社会上把苏岩传得很坏，他真怕栽在这个坏警察手里。

苏岩说:“虽然你够 10 年，但考虑到事先我向你进行了承诺，所以呢，我得讲信用。这次呢，我就放了你!”

魏治国当即给苏哥磕了三个响头。

魏治国犯了这么大的罪，就算魏治国磕一百个头，苏岩也没胆量放魏治国。之所以放也是无奈。

在那个特殊的年代，林河这个地方，诈骗案持续高发，受害人最关心的，不是惩罚罪犯，而是被骗去的赃款。

如果处罚罪犯，追回赃款的可能性几乎为零。没办法，为了最大限度地保护被害人的利益，市里给了公安局的经侦部门一个说法：犯罪嫌疑人只要返回赃款，可以对嫌疑人给予取保候审。

魏治国走出看守所时，都有点儿不太相信，他问苏岩："你真的就这么把我放了？"

苏岩说："当然了。"

魏治国说："但我能感觉出，你很不愿意是吗？"

苏岩说："我确实是不愿意。"

魏治国说："那你会不会再抓我呀？"

苏岩说："不会的。"

再抓魏治国，苏岩和他一样也成骗子了！这样没信誉的警察，今后再搞这种案子，就很难再追回赃款了。

为了搞更多的案子，为了追回更多的赃款，那个年代的警察也只能这么干。

– 18 –

放了魏治国，苏岩就想请请杜娟。毕竟杜娟帮着追回了 20 万。

苏岩给杜娟打电话："晚上忙吗？"

杜娟说："不忙。"

苏岩说："请你吃饭？"

杜娟说："咱们别去吃饭了，六点钟，你来我办公室吧！"

六点的走廊里，十分昏暗。

苏岩像个特务，蹑手蹑脚地来到了杜娟办公室的门前。刚要敲门，门开了。

杜娟探出头，也像个特务，向走廊里瞅了瞅。

两个人进了屋，杜娟还悄悄地把门锁上了。

屋子里没点灯，窗外的灯光映着杜娟的脸。

苏岩坐在椅子里不太自然。

杜娟冲了两杯咖啡，桌子上还点燃了一支小小的蜡烛。

杜娟说：“找我什么事儿呀？”

苏岩说：“没什么事儿，我……”

杜娟说：“你要给我介绍对象，是吗？”

苏岩蒙了，说不出话来。

杜娟说：“你是想把你自己介绍给我，是吗？苏岩，对不起，我已经有男朋友了。”

一切太突然。

杜娟凝视着苏岩，“我的男朋友他爸是冰箱厂的领导！”

– 19 –

内勤把 20 万元现金交给阎刚后，阎刚转身来到了苏岩的办公室。

苏岩说：“20 万，你点了吗？”

阎刚说：“不用点。”他从兜里掏出了 5 万，放在了苏岩的面前。

苏岩没吱声，不动声色地注视着阎刚。

阎刚又掏出了 5 万。

苏岩笑了，他把桌子上的 10 万塞回阎刚的兜里。

阎刚说："这不是给你的！"

苏岩说："不给我，给谁呀？"

阎刚说："给你们领导啊！"

苏岩急了："别整没用的了。你赶紧收起来。"

见苏岩瞪起了眼睛，阎刚便不再撕扒。苏岩翻脸比翻书都快。阎刚早就领教过。

苏岩说："这样，你不是想感谢我吗，中午请我吃饭吧！"

阎刚说："你想吃什么？"

苏岩想了想，拿起电话，拨通了杜娟的办公室："魏治国那个案子已经结了，现在呢，被害人到公安局来感谢，要请吃饭，当时你不也跟着去抓人了嘛，中午吃饭，你也参加呗！"

杜娟说："好啊！"

苏岩说："那你想吃什么？"

杜娟说："我想吃海鲜。"

苏岩说："没问题。"

昨天晚上的误会让苏岩很尴尬。今天，借着阎刚请客，苏岩就想和杜娟解释解释。

但没承想，吃饭的时候，不光杜娟来了，宣传科从科长到科员全都来了。

很显然，杜娟不想再单独和苏岩有接触了。

这让苏岩十分别扭。来了这么多人，难免要喝酒。

那个时候，警察喝酒还不受限制。大家这个喝呀。

科长说：“感谢苏队请我们科喝酒。”

苏岩只好说：“感谢你们能赏脸来喝酒。”

苏岩喝酒不行。平时类似场合，他很少参加。即便参加，基本上从头到尾就端着一杯酒对付。

由于他一贯如此，加上最初是局长的秘书，公安局过去没人和他计较。但这次杜娟却紧盯着苏岩不放。

杜娟说：“我们科长都已经干了，你怎么还拿着杯晃悠啊！”

苏岩说：“我不能喝。”

杜娟说：“你不能喝你来干吗？赶紧干哪！”

苏岩说：“我干不了。”

杜娟说：“你干不了不行，今天可是你请喝酒啊！”

阎刚都看不下去了，主动对杜娟说：“美女美女，今天是我请，苏岩只是作陪。”

杜娟说：“没你事儿，一边待着去啊，怎么的，你能喝啊？来来来，咱俩干一瓶白的。”

在酒桌上绝对不能和女人讲理，尤其是不能和东北女人讲理！

苏岩只好一杯接一杯地喝，也只好一次接一次到厕所去吐，最后他都把眼泪吐出来了。

阎刚在厕所里一边敲打着苏岩的后背，一边感慨地说：“老弟呀，这个美女就是在灌你呀！”

苏岩擦了擦嘴边的污浊，还傻乎乎地问：“你说，我好心好意地请她喝酒，她干吗要灌我呀？”

阎刚也喝多了，直接说出了实话：“这多明显啊！她这是在警告你，今后不要再请她喝酒了！”

– 20 –

苏岩喝成这个奶奶样，也没法上班了。中午吃完饭，阎刚拉着苏岩来到了帝豪洗浴中心。

先是泡澡接着搓澡，阎刚陪着苏岩，不停地说着暖心的话：“你们单位这个美女吧，确实不错，但这个世界上并非只有你们单位这一个美女吧？俗话说得好，三条腿的老太太不好找，两条腿的美女到处都是。”

苏岩说：“都在哪儿呀，还到处都是？”

阎刚说：“这里就有啊！”

苏岩四处看了看。

阎刚说：“这里是澡堂子，美女都在楼上呢！”

苏岩没再接茬儿。他知道阎刚是什么意思。

阎刚说：“你别误会啊，我不是说让你去找小姐，我的意思是，咱们上去什么都不干，就找个美女陪你谈谈心。”

苏岩说：“光谈心人家能干吗？”

阎刚说：“必须干啊！”

两个人穿上了高档的一次性睡衣，先是进了电梯，接着又走了楼梯，拐弯抹角来到了一间无比豪华的套房里。

苏岩说：“这里很贵吧？”

阎刚说：“不贵。我在这里有卡。”

苏岩躺在床上，抽着烟，一脸的享受。

很快，一个美女走了进来。

阎刚指着苏岩介绍着："这是你王哥！"

美女伸出手："你好，王哥。"

苏岩握着美女的手，指着阎刚，小声地更正道："他喝多了，我不是王哥，我是苏哥。"

美女说："苏哥，他没喝多。他是想为您保密。"

苏岩说："我不需要保密。哎，你叫什么呀？"

美女说："我叫婷婷。当然了，婷婷是我的假名，我的真名是……"

苏岩说："算了算了，你不用说真名。婷婷，我找你来吧，不干别的，就是想和你谈谈心，你没意见吧？"

美女说："当然没意见了。苏哥，你看这样好不好，你先躺下，我给你按按头行不行？"

苏岩说："行啊！"

苏岩躺在床上，美女就开始轻轻按着苏岩的头。虽然只是轻轻地按，但苏岩能感觉出这个叫婷婷的手法里明显有着那种意味。

很明显，阎刚把他带到这里，有着特殊的目的。苏岩心里产生了强烈的不满。

这时，阎刚见苏岩已经喝多，便讲了个极其下流的段子。

苏岩听完故意哈哈大笑。阎刚本来也想跟着哈哈大笑，但他还没笑出声，就被苏岩一拳打倒在地。

苏岩起身冲着阎刚的脸一阵猛踢。

婷婷吓得转身要往外跑，苏岩一把揪住她的长发，连续不断地抽着她的耳光。

耳光打得啪啪的，最后都感觉打出了耀眼的火花！

– 21 –

苏岩打了阎刚，打了婷婷，洗浴中心的何胜领着两个保安，闯进了房间里。

何胜身上刺着龙画着虎，满脸凶恶，但见到打人的是苏岩时，态度立刻缓下来。他挥了挥手，让保安和婷婷都出去后，只是很不高兴地问："苏哥，您这是干吗发这么大的火呀？"

苏岩满嘴酒气，指着阎刚，"这小子给我下套。"

阎刚无比惊讶："我给你下套？"

苏岩说："对呀！"

他起身从兜里掏出了一把雪亮的匕首。

何胜和阎刚全都目不转睛地看着苏岩。

苏岩用匕首把床头撬开，里面露出了微型的摄像头。

何胜十分慌张，急忙说："苏哥，你听我解释啊。这……个根本就没插电，它不……可能录下。"

苏岩看了看，何胜说得应该没错。但他还是借着酒劲说着："何胜，这和你没关系啊，这就是阎刚想要给我下套，你先出去。"

何胜看着已经喝醉的苏岩，不想惹麻烦，只好借机离开了。

屋子里只剩下了阎刚和苏岩。阎刚怕挨打，紧着往门口凑。

苏岩说："你跑什么？你回来，你说，你为什么要给我下套？"

阎刚说："老弟呀，我没给你下套。"

苏岩指着那个摄像头："这是什么呀？"

阎刚说："这……我不清楚。"

苏岩说："你是这里的股东，你怎么能不清楚呢？"

此时此刻的阎刚面对着摄像头以及醉成这样的苏岩确实说不清楚了。

苏岩不停地数落着阎刚："你呀你呀，你太不够意思了，我刚刚为你追回来了 20 万，你就对我来这套是吗？"

提到了钱，阎刚只好借机说："老弟，你为我追回 20 万，我不已经要向你表示了吗？我给你拿了 10 万，你不是不要嘛！"

苏岩说："我为你追回 20 万，你才向我表示 10 万？你想什么呢？"

苏岩这么说，阎刚才明白苏岩是嫌钱少！他直接问："那你想要多少？"

苏岩说："我想要 50 万。"

阎刚吓了一跳，"你给我一共才要回 20 万，你却向我要 50 万，对吗？"

苏岩说："对呀！"

– 22 –

林河市第二化工厂是个老企业，产品单一，在市场上没有竞争力。怕被市场淘汰，厂子急需招商引资。

厂长张子龙通过关系找到了阎刚。

阎刚通过关系找到了南方大企业家褚少衡。

褚少衡来到林河对化工厂实地考察后，感慨良多。为了让这个老旧的企业焕发青春，他决定投资 1.7 亿。

全厂沸腾了。

1.7 亿如果到位了，工厂保住了，工人的饭碗也保住了。

可世上没有免费的午餐，1.7 亿到位是有条件的。南方来的会计、律师把合同设计得天衣无缝。结果，1.7 亿没到位，化工厂前前后后还搭进去将近 100 多万。

厂长张子龙欲哭无泪，找到了公安局。公安局审查了相关的合同，表示没法管，让工厂到法院去和南方的企业家打官司。

在本地官司都不好打，到了南方自己非得被打得满脑袋包不可。

张子龙无奈，只好找到了副区长黄亦工。他哭得是一把鼻涕一把泪。看着张子龙这个熊样，黄亦工找到了苏岩，让其帮助协调。

苏岩说："怎么协调？"

黄亦工说："到南方把那个企业家褚少衡抓来。"

苏岩说："全国都在搞地方保护，我们到南方了，估计褚少衡抓不到，我们自己倒可能被他们抓了。"

黄亦工说："那怎么办？"

苏岩说："这不好办。"

黄亦工说："不好办也得办。"

黄亦工说得很严肃。按道理，他只是个副区长，他无权这样和苏岩讲话。可他这样讲了，苏岩还真得听。

于是，苏岩找到阎刚，想和他商量一下这个事儿怎么办。可见面还没开口，阎刚却让苏岩去帮助抓魏治国要钱。

现在呢，魏治国抓了，钱也要了，苏岩就打算让阎刚赶紧把化工厂的钱还上。

－23－

苏岩说：“我昨天是不是喝多了？”

阎刚说：“是。”

苏岩说：“我好像把你给打了，有这回事儿吗？”

阎刚说：“有这回事儿。”

苏岩说：“为啥呀？”

阎刚没说摄像头下套之类，直接说了化工厂被南方的褚少衡弄去了100多万。

苏岩说：“对不起啊，我想起来了，化工厂被弄去的这100多万里，其中有50万是好处费，这50万在你手里吧？”

阎刚说：“没在我手里，这50万当时直接汇到了褚少衡的账户里。不信，你可以去查。”

苏岩说：“我查了，那50万，褚少衡后来又汇给你了！”

阎刚十分不自然：“那……是别的生意的钱。”

苏岩说：“什么生意啊？”

阎刚支支吾吾。

苏岩说：“阎刚啊，把这50万赶紧还给化工厂吧，化工厂现在都快揭不开锅了！”

阎刚说：“可我现在没有 50 万啊！”

苏岩说：“我不刚给你追回 20 万嘛！”

阎刚说：“苏岩，化工厂损失的钱是企业之间的债务纠纷，你让化工厂去打官司不就完了。”

苏岩说：“等官司打完了，企业也就完蛋了。阎刚啊，求求你了，化工厂还等着你这 50 万买材料呢！”

见苏岩是这个态度，阎刚最后火了：“苏岩啊苏岩，我把你当朋友，你却拿我当罪犯。你表面上帮我，其实你是想帮化工厂。我算看清你了。”

苏岩说：“你看不看清我无所谓，化工厂那 50 万……”

阎刚说：“我现在只有你替我追回来的这 20 万。要拿你就拿去！其他的，我一分没有。”

– 24 –

阎刚的这个态度，让苏岩很意外。按理，他借着酒劲把阎刚一顿胖揍，阎刚应该知道自己的决心了。在这种情况下，阎刚还整出一副死猪不怕开水烫的架势，反而让苏岩为难了。

这本来就是债务纠纷，阎刚又不是直接当事人，硬逼阎刚拿 50 万，法律上确实说不通。

可化工厂的职工等着吃饭，快要饿死了。

– 25 –

苏岩给魏治国打电话，“能请你吃饭吗？”

魏治国受宠若惊：“苏哥，咱俩是心有灵犀啊！刚才，我还想给你电话呢！晚上你想吃什么呀？”

苏岩说：“吃什么都行。”

晚上来到了饭店，苏岩有些意外，与魏治国一起来的还有那个婷婷。

苏岩有点儿难堪。在洗浴中心，打阎刚都很过分，打婷婷真是不应该。

婷婷倒像什么都没发生似的，殷勤地为苏岩倒着茶水。

房间里的光线很柔和，婷婷穿得又很得体，一点儿都不像在洗浴中心干那种事儿的。

苏岩说：“婷婷啊，昨天，我喝多了，请你原谅啊！”

婷婷说：“要请求原谅的是我。昨天只是让我陪你聊天，可我却主动要给你按头。”

苏岩说：“是何胜让你来的，对吧？”

婷婷说：“没有，是我自己要来的。苏哥，昨天都怨我，我错了，你不要和我一般见识。”

苏岩在公安局经侦大队，虽然管不着洗浴中心，但那个年代在林河，像苏岩这样的警察都很是威严。搞灰色行业的，都不想得罪他们。

苏岩对婷婷说：“你回去告诉何胜，昨天确实是我喝多了，我向他赔礼道歉。另外，婷婷，你记一下我的手机号，今后公安局要是找你麻烦，你想着给我打电话。”

婷婷有点儿发蒙。警察轻易不会给这种小姐留电话的。

苏岩大大方方地说了自己的手机号，婷婷拿出笔记在了手心上，就说：“你们聊吧，我不打扰了。”

婷婷走了以后，苏岩问魏治国：“她是怎么找到的你？”

魏治国说：“昨天我也在那儿洗澡，你打阎刚的时候，我就在隔壁！”

苏岩说：“世界真是太小了。”

魏治国说：“可不嘛！苏哥，干吗打阎刚啊？”

苏岩假装没听见，没接这个茬儿。

魏治国点的菜很精美，苏岩低着头，大口吃着。

魏治国说：“阎刚是不是对你太不够意思了？”

苏岩吃了一会儿，才简单地说了化工厂因为阎刚被弄去了 100 多万。

魏治国说：“既然这样，那你把阎刚抓起来啊！”

苏岩说：“他们有合同，这属于债务纠纷，我们公安局管不着。”

魏治国说：“那我帮你管管行吗？”

苏岩说：“你怎么管？”

魏治国说：“我去揍他！”

苏岩可不想让魏治国去打阎刚。帮阎刚追钱，苏岩把魏治国打了，现在帮化工厂追钱再让魏治国去打阎刚。这要传出去，是典型的以黑治黑。苏岩可不想给别人这个把柄！

魏治国说：“苏哥，你今天找我肯定是想让我帮你找阎刚把钱要回来，是吧？那你就指示吧！”

苏岩假装没听见，继续吃着。

魏治国说：“你别有什么顾虑了，如果要别的钱，我不会帮你的，但你这是在帮化工厂要钱，我必须帮。”

苏岩说："为什么？"

魏治国说："我三姨、我二姑他们都在化工厂，你刚才说了，这个钱是化工厂的救命钱，我帮你不就等于在帮他们嘛！"

魏治国说得情真意切了，苏岩最后才说："既然这样，那你就帮我个小忙吧！"

– 26 –

第二天一上班，苏岩就看见阎刚站在走廊里等自己。

苏岩说："有事儿？"

阎刚点了点头。

苏岩没表情，"什么事儿？说吧！"

阎刚说："进屋说行吗？"

进了办公室，阎刚说："昨晚，我在宾馆时，魏治国敲门来的。"

苏岩装糊涂："你跑宾馆干什么去了？搞破鞋？"

阎刚说："魏治国警告我，下次我再这样，就给我拍下来！"

苏岩说："魏治国这是对你好啊！阎总，你老婆对你这么好，你不应该总背着她，去搞女人啊！"

阎刚的岳父过去是领导，阎刚有今天，岳父没少给他铺路。所以，阎刚对自己的老婆始终是又敬又怕。

阎刚问苏岩："是你让魏治国跟着我的吧？"

苏岩说："我是魏治国他爹呀！我让他跟着你，他就跟着你？你可真有意思。”

阎刚看着苏岩不吱声。

苏岩看着阎刚也不吱声。

过了好一会儿，阎刚才说：“我已经和化工厂达成了协议。”

苏岩说：“什么协议？”

阎刚说：“我用现金买下了他们和褚少衡的债务。”

苏岩说：“什么意思？”

阎刚说：“意思就是我得拿出100多万。”

苏岩说：“这太好了。你这等于救了整个化工厂啊！阎总，我代表化工厂全体职工，向你表示隆重的感谢。”

阎刚说：“我不需要感谢。”

苏岩说：“那你需要什么？”

阎刚说：“我需要你感动。”

苏岩没吱声，看着阎刚。

阎刚说：“你只说让我拿出50万，而我主动拿出了100多万，这你不感动吗？”

苏岩说：“我这不是感动，我这都已经激动了。”

阎刚说：“既然你都激动了，那你今后别让魏治国跟着我了吧！我就这么点儿爱好。”

苏岩说：“什么爱好？”

阎刚说：“搞女人。”

苏岩笑了。

阎刚却哭了：“我每天非常非常的累，领导的事儿，朋友的事儿，别人欠我钱，我欠别人钱……我他妈的都快烦死了，现在我唯一感到有点儿意思的，就是去搞女人，如果你把我这点儿乐趣也给剥夺了，那我干脆只有去死了。”

苏岩说：“那搞女人到底什么感觉，你能告诉我吗？”

阎刚说：“欲仙欲死。”

– 27 –

黄亦工说：“我你就不用谢了，要谢的话，你就谢谢经侦大队吧！”

张子龙要给经侦大队拿钱，黄亦工没让：“你们化工厂都快要饭了，钱就免了。”

张子龙要送锦旗，黄亦工也没让：“经侦大队是通过个人帮你要回的钱，你送锦旗不妥。”

张子龙说：“那就你出面，请他们吃一顿吧！”

黄亦工说：“吃一顿没问题。”

黄亦工给苏岩打电话：“晚上张厂长请你喝酒啊！”

苏岩想拒绝：“喝酒就免了吧！他们工厂那么穷。”

黄亦工说：“穷也不差这一顿酒。你为他们追回来 100 多万，他们要是不请你，我都没面子。来吧！”

黄亦工这么说了，苏岩也不好再驳领导的面子。

苏岩不能喝酒，尤其不愿意和领导喝酒。怕黄亦工难为自己，苏岩就让叶建林跟着。

叶建林说："领导请你喝酒，我跟着好吗？"

苏岩说："你就是领导啊，有什么不好的。"

叶建林知道苏岩让自己跟着，是想让他替酒。叶建林喝酒不在乎，但他听说黄亦工和局长陈凯鸣有不和的传闻，就不太想去。他劝苏岩："既然你不想喝酒，那不去就完了呗！"

苏岩说："不去不好。"

叶建林说："有什么不好的。黄亦工又管不着你！"

苏岩这才说："黄亦工可能要到咱们这儿当局长，知道吗？"

叶建林愣住了："不可能吧！黄亦工只是副处！"

苏岩说："副处也可以到公安局先来主持工作啊！"

叶建林说："他来主持工作，那咱们陈局长干吗呀！"

苏岩说："陈局长要调到省厅去。"

这些话，别人说叶建林不信，但苏岩说，叶建林就不得不信。

叶建林说："怪不得你这么听黄亦工的话，原来，你这是提前和他打溜须呀！"

– 28 –

怕有影响，酒店没安排在很高档的地方，而是选了个农家菜。名义上是农家菜，吃的却是山珍海味。

过去，苏岩和黄亦工喝过两次。那两次，人很多，苏岩坐在角落里，没怎么吱声。这次不同了，由于苏岩是主角，黄亦工举杯就先敬了苏岩：

“老弟，什么都不说了，一切都在酒里。”

黄亦工干了，苏岩跟着也要干。

黄亦工说：“你不用干。”

苏岩说：“我必须干。”

黄亦工敬的酒干了，张子龙敬的酒也得干。既然领导先敬的酒，苏岩至少得再回敬两次才行。

就这么的，几杯酒下肚，苏岩便脸红脖子粗。

黄亦工说：“好了好了，从现在开始，你不准再喝了。”

既然领导不让喝了，苏岩也就不再坚持。

酒桌上如果只是领导喝，会没气氛。好在叶建林的酒量大得惊人，酒桌上推杯换盏也足够热闹。

黄亦工的酒量也不小，但苏岩不喝了，他也变得很克制。酒桌上主要是张子龙和叶建林喝。

苏岩没喝那么多，却也把胃里吃下去的，全吐了出来。

黄亦工见苏岩吐成了这样，就让司机把苏岩先送回去。

苏岩说：“不用不用，我自己能开车走。”

– 29 –

苏岩开着车，穿行在夜色里。虽然不能喝酒，但这么几杯也不至于。之所以喝吐，苏岩也是想尽快离开。刚才杜娟给他打电话，见他正喝酒就没多说。

苏岩在车里拨通电话问她："你有事儿？"

杜娟说："苏岩，我不该灌你……"

苏岩说："没关系，我也欠灌！"

杜娟说："别生气了好吗？哎，明天你忙吗？我想让你拉我去趟凤凰山。"

－30－

苏岩把车停在皇冠酒店门前的停车场。这里离杜娟的家还有一段距离。离他们约定的时间还有三分钟时，杜娟出现在人群中。

杜娟穿着一件白色的绒衣，浅灰色的裤子，在人群里一点儿也不显眼，她向停车场巡视着，苏岩把车开到了她跟前。

杜娟上了车，"你来很长时间了吧？"

苏岩说："没有，我也才到。"

杜娟说："怕你来得早，我就想早点儿来；又怕你准时来，我还得站在街上傻等。"

苏岩说："你到凤凰山去干吗？"

杜娟说："那儿有个庙，我去拜拜。"

不过年不过节的，拜什么呀，是遇到事儿了吧？

这些话，苏岩只是想，没说出口。

过了收费站，是一条宽阔蜿蜒的盘山公路。苏岩把油门踩到底，本田轿车飞快地狂奔着。

窗外已经吐绿的树木纷纷向后飞驰，车里的音乐也同样是节奏飞快的摇滚。

由于车速很快，苏岩目不转睛地盯视着前方。前面是向上的公路，两边银灰色的一根根有间隔的护栏几乎成了一条直线。

“前面的本田车停下！”

刚进入北江县管区，一辆蓝白相间的警车高声叫喊着。

苏岩把车停在路边。

杜娟有点儿紧张，“怎么了？”

苏岩说：“没事儿！可能是路检。”

苏岩掏出工作证下了车，朝警车走去。警车上下来了一个大约 40 岁左右的警察。他向苏岩敬了一个礼。

苏岩把工作证和驾驶证递给他：“咱们是同行。”

警察没理苏岩，“请出示你的行车执照。”

为了闯红灯、酒后驾车方便，苏岩买了车，一直没办手续。在当时的林河，不少警察都这么干。

苏岩对警察小声地说：“对不起，这是我们单位的车，行车执照这两天拿去办保险了，没在车上。”

警察说：“那就对不起了，你这个车现在扣了。”

苏岩有点儿不高兴，警察见面一家人，他这什么意思？

苏岩说：“这个车，你扣不了，我要去执行任务。”

警察向车里看了看，“你拉着美女去执行什么任务？”

苏岩说：“去执行秘密任务。”

怕警察真把车扣了，苏岩给北江县公安局的同学打了个电话。警察接了同学的电话，马上和苏岩套上了近乎:“你也警校的，哪届的？”苏岩没理他，转身走了。

回到车里，杜娟问苏岩:“他为什么扣你车啊？”

苏岩说:“他看你长得漂亮呗。”

第二章
CHAPTER 2 〉

－1－

凤凰山的主峰位于一片群山之间。苏岩和杜娟悠闲地穿行于山间小路。阳光温暖地照在他们身上，这里远离人群，远离尘世，有时在很长的一段山路上，只有他们两个人。

四周群山披绿，脚下溪水漫流。

杜娟说："你今天怎么不爱说话呢？你在想什么呢？"

苏岩说："没想什么呀！"

今天来，苏岩是有目的的。既然杜娟已经有男朋友了，既然杜娟男朋友的家里还帮杜娟调到了公安局，杜娟离开男朋友再和自己相处的可能性应该没有了。

苏岩打算让杜娟知道：我接触你，并没有非分之想，那天你灌我喝酒，真是太没道理了。

想好的这些话，最终并没有说出来。因为在美丽的风景里有点儿顾不上说这些。上了山，杜娟像个小鸟似的跟着。在一个山坡上，她故意把手递给苏岩："来，拉我一下。"

苏岩握住了杜娟的手就在想，这个山坡要是长得通到天上该多好。

接下来，苏岩仿佛着了魔，一个劲儿地寻找着各种山坡。他频繁地把手伸向杜娟，杜娟也就频繁地把手递给苏岩。两个人的手握的时间越来越长，后来，他们干脆握着不放了。他们慢慢地走着，快到山里的那个庙时，杜娟干脆挽住了苏岩的胳膊。于是，他们像恋人一样走进了高大壮观的庙里。

似乎感染了神圣的气息，出了庙，他们都有些不自然。他们不再挽着手，相互间有了些距离。

路过一棵参天大树，杜娟说："在这儿歇会儿吧！"

苏岩把衣服铺在地上，杜娟坐在了上面。两个人喝着瓶里的矿泉水，相互躲闪着目光。

杜娟说："你不累呀！"

苏岩没吱声，坐在了杜娟的身边。

杜娟把头慢慢地靠了过来。

靠在一起后，苏岩以为到此为止了。但杜娟却紧接着闭上眼睛把脸靠了过来，苏岩一下子彻底蒙了……

－2－

结束之后的杜娟像是变了一个人。她对苏岩说："我先走。"

杜娟沿着山路独自匆匆地走着，苏岩只好远远地跟着。

回林河的路上，苏岩开着车，杜娟坐在旁边描着口红。

来到市里，苏岩把车直接开到了饭店的门前。这是他们第一次吃饭的地方。

杜娟说："不吃了。"

苏岩说："已经中午了。"

杜娟说："让别人看见不好。"

苏岩说："有什么不好啊！"

杜娟不高兴了："我已经和你说了，我们只能有这一次。"

杜娟的声音很大。

苏岩没吱声，开着车往杜娟的家走。

路上，杜娟又轻轻地摸着苏岩的耳朵，"我有男朋友了，我不能离开他。"

苏岩也不高兴了："既然不能离开他，那你干吗今天要和我上山？"

杜娟说："我生他气了！他竟然背着我……"

杜娟的男朋友找了个小姐。

苏岩说："你今天找我就是想报复他，对吗？"

杜娟点了点头。

苏岩真想说，他找了个妓女，你就找了个嫖客？

这些话苏岩虽然没说，但他还是说了："杜娟，我需要给你钱吗？"

杜娟说："你把车停下。"

苏岩停下了车。

临下车前，杜娟狠狠向苏岩吐了一口。

– 3 –

苏岩站在淋浴的喷头下，把水流和温度都调到了最大值。冒着蒸汽的水柱猛烈地击打着苏岩的头发，飞溅的水珠沿着脸颊迅速地滑落。

淋浴、桑拿之后，苏岩披着洗浴中心的睡衣，来到了休息室。他坐在角落里，喝着茶，抽着烟。

休息室里的客人不是很多，小姐们衣着暴露地在客人们中间走来走去。当时，林河为了吸引南方的大老板到这里投资，对这些场所的管理基本上是睁一只眼闭一只眼。

管得严时，小姐们待在屋子里排班，都有得是那种“客人”。现在管松了，来的“客人”反而少了。无奈，小姐只好主动出击，直接来到客人的身边，做思想工作。

苏岩本来想睡一会儿，可小姐一个接一个过来：

“先生，去按摩呀！”

“对不起，我刚按完。”

“再按一次呗。”

“不按了。”

“再按一次吧，我按的和别人不一样。”

……

苏岩烦了，对领班说："你把婷婷找来。"

–4–

婷婷穿得一点儿也不暴露，像个酒店的实习生，见到苏岩，十分高兴："哥，你什么时候来的？"

苏岩说："才来。你帮我按按头。"

苏岩找婷婷的目的，是不想让别人再来骚扰自己，他想美美地睡上一觉。可婷婷温柔地按他的头时，他却又睡不着了。

苏岩说："刚才，怎么没看到你？"

婷婷说："我卖酒去了。"

苏岩说："卖酒？你不干这个了？"

婷婷说："我卖酒是假装的，客人们看我卖酒，以为我是学生，就会向我提那种要求，于是我就借机提高价格。"

苏岩说："你很有一套啊！"

婷婷说："没办法，这也是逼的。"她向屋子里指了指，"全都是干这个的，我们现在的生意不好做。"

苏岩说："什么原因啊？"

婷婷说："大家都没钱。"

苏岩不想再谈这个话题，就聊起别的，"那开始，你是怎么想起干这个的？"

婷婷说："当时学校放假，没什么事儿。刚开始，我来这里，确实只是在卖酒，可看到别人挣钱那么容易，我也就动心了。”

苏岩说：“在这种环境下，没有不动心的。哎，你是学生啊？那你不怕碰到老师什么的？”

婷婷说：“所以，我在这里就一直假装卖酒嘛！”

苏岩还想往下聊，婷婷却把话题又转了，“苏哥，你为什么不进包房呢？”

苏岩说：“进包房干吗？”

婷婷在苏岩耳边说了两句下流的话，苏岩一下子火了。他当场就把婷婷骂了一顿。

– 5 –

苏岩骂了婷婷之后，还真去了包房。当然，婷婷没跟着，是何胜跟着。

苏岩在休息大厅骂婷婷时还摔了个茶杯，这让何胜的心提了起来。

苏岩过去在刑警队时何胜就怕，现在到了经侦，何胜更是怕得要死。

刑警队管的是刑事案子，只要不偷不抢，刑警队不会找麻烦。但经侦就不同了，仅仅涉嫌偷税就能让洗浴中心关门。

苏岩说：“何胜啊，怎么回事儿呀，上次是阎刚给我下套，这次怎么你还要……”

何胜说：“苏哥呀苏哥，你真是冤枉死我了，这次那个婷婷不是你要找的吗？”

苏岩说：“我为什么要找她呀？还不是你提供的机会。”

何胜说："这和我有关系？"

苏岩说："前两天，我打了婷婷，是不是你让她去找我，向我赔礼道歉？"

何胜说："对呀！"

苏岩说："我把她打了，按理我要向她赔礼道歉，你让她向我赔礼道歉，这不是很明显，你是想借机让她去勾引我吗？"

这些话毫无道理，但苏岩却说得理直气壮。

何胜有苦说不出。苏岩不讲理是出了名的，基本没人敢和他讲理。

何胜只好承认错误："苏哥，这个吧，你真误会了。婷婷找你去赔礼道歉，的确是我让去的，但我真没有让她去勾引你的意思啊！"

苏岩说："你就不承认吧！"

接着，苏岩掏出了刀，又在包房里找着摄像头之类的东西。

当然，不是每个包房里都有。苏岩用刀扣了半天什么也没找到。

何胜说："苏哥，我们这里只是个别的房间有。"

苏岩又抓住了把柄："那上次阎刚领我去的那个房间就是特意的了吧，如果我真和婷婷干的话，你就给录了下来，对吧？"

何胜都快哭了："苏哥，我要是打算录你，我死爹死妈还不行吗！"

说着何胜要给苏岩跪下。

苏岩说："何胜，我相信你确实没打算录我，但你们录过别人，这肯定是有吧！"

何胜脑袋上的汗下来了，他就知道苏岩不会善罢甘休的。

苏岩说："我不难为你，你告诉我一个就行。"

何胜说："苏哥，我没骗你，我们虽然在个别房间里安了些摄像头，但我向你发誓，我们谁都没录过，不信你可以去问我们孙总！”

苏岩抬手就是一个耳光。

何胜蒙了：“干吗打我呀？”

苏岩说：“少他妈的拿你们孙总吓唬我！”

– 6 –

早晨上班，苏岩等电梯时，见到杜娟远远地走过来。怕杜娟还吐他，苏岩就假装打电话，向走廊深处走去。

背对着杜娟走的时候，苏岩心里还酸酸的，这要是今后天天这么碰到，那可别扭死了。

苏岩来到办公室，还没坐稳，何胜敲门走了进来。

苏岩掏出烟，递给了何胜一支。何胜掏出打火机先给苏岩点燃了。

苏岩说：“抱歉啊，昨天，我不该打你。”

何胜笑了。

苏岩说：“你别笑，我打你不对，但你们在包房里安装摄像头就更不对了！”

何胜的头上又出汗了。这要是传到社会上，洗浴中心非关门不可。

何胜说：“苏哥，咱们不提这个行吗？”

苏岩说：“行啊，但你得告诉我，你们都给谁录了呀？我不贪心，告诉我一个就行。”

录下的无非是那些苟且之事，苏岩对此没兴趣，他说这些主要是给何胜施加压力！

何胜受不了，主动说：“我知道个线索。”

苏岩来了精神：“什么线索？”

何胜说：“有人走私贵金属。”

– 7 –

何胜提供的线索是：有两台大货车要从市里经过，货车上有从境外走私进来的价值 200 万元的贵金属。

这可是个大线索！

如果破了案，立集体二等功都有可能。

苏岩心里高兴得要命，表面上却假装不感兴趣：“我们现在有点儿忙，走私的案子，我们可管可不管。这样，我领你到缉私吧。”

缉私指的是黄金缉私大队。

何胜说：“贵金属走私不归他们管吧？”

苏岩说：“什么归不归的，他们现在一年也搞不着个像样的案子。”

苏岩领着何胜往缉私大队走的时候，何胜就说：“苏哥，要不这个线索，我给阳明分局的陆贵安吧。”

苏岩说：“你给他十吗呀？”

何胜说：“我和缉私也不熟，这个线索，我不想给他们。”

像何胜这种人，给警察线索是不能白给的。200 万的案子，苏岩估计何胜得不少要。苏岩假装对这个线索不感兴趣，主要是想伺机压价。

可何胜的态度如此坚决，苏岩怕到嘴的鸭子飞了，只好说：“老弟啊，昨天呢，我到你们洗浴中心呢，喝多了，你别往心里去啊。”

何胜见苏岩这么说了，也没说别的，直接说了这个线索。

－8－

石群找到何胜想要借两万块钱，何胜说：“我没有。我的钱都投洗浴了。”石群说：“我这次很快就能还你。”何胜说：“那你把上次借的先还我呗！”石群说：“这次你要是借我，最晚后天我就一起都还你。”何胜怕他不还，还是没借。但由于石群说得很认真，何胜就留了个心眼儿，他给石群找了个小姐。小姐和石群鬼混时，石群就很焦急地打手机联系事儿。

何胜告诉苏岩：“这个事儿就是石群正帮着别人联系走私贵金属。”

苏岩拍了拍何胜的肩膀，“兄弟啊，谢谢你！”

何胜说：“不用谢，我有两个条件。第一，你们抓石群时，千万不能暴露是我给点的。”

苏岩说：“这肯定不会给你暴露的。”

何胜说：“第二个条件，就……是石群欠我点儿钱……”

苏岩说：“他一共欠你多少钱？”

何胜说：“一万。”

这是变相要钱。

苏岩皱起了眉头，“何胜，这一万块钱，我现在不能答应你。但你放心啊，我保证给你争取就是。”

– 9 –

何胜不见得真想要一万，他这么说无非是在强调这个线索很重要。他应该是希望：帮了这个忙，苏岩就不再去追究摄像头之类的事了。

但这些情况苏岩没告诉叶建林，所以，叶建林很气愤："何胜这个小兔崽子也太黑了，竟然敢管你要一万。"

苏岩说："一万就一万吧。反正我和他说好了，必须是我们追到货才给。"

叶建林说："那要是追到了货，局里不给咱们返这么多怎么办？"

苏岩说："没事儿，算我的。"

苏岩的家庭条件很好，为了破案，每年都没少往里搭钱。

叶建林说："你放心啊，苏岩，这次说什么我也不能让你再掏钱了。"

苏岩说："这是小事儿。"

叶建林说："这还是小事儿，那什么是大事儿？"

苏岩说："现在抓石群是大事儿。"

根据何胜提供的信息，走私贵金属的卡车今天夜里到林河。这么短的时间内，既要抓住石群，还不能让石群认为是何胜出卖了他，这的确是个大事儿！

– 10 –

苏岩到刑警队找到大队长赵民，告诉他："'2・17'有线索了。"

赵民的眼睛立刻瞪得溜圆。

“2·17”是特大杀人案，刑警队已经侦办好长时间了，到现在也没发现像样的线索。

赵民握着苏岩的手，“说吧，你要什么？”

苏岩说：“我什么都不要，我是想问你要什么。”

赵民说：“什么意思？”

苏岩说了自己的意思。

赵民皱起了眉头。

苏岩说：“赵大队，这个忙，你得帮我，我这也是为了保护线人。”

赵民：“保护线人也用不着拿杀人案去吓唬他呀！”

苏岩说：“这不着急嘛！这个案子，陈局有指示。”

提到了陈局，赵民的态度完全不一样了：“既然陈局有指示，那就必须帮你了！”

抓石群的时候，赵民带着四辆车，十几个警察。

为了逼真，前去的警察穿着防弹背心，端着微型冲锋枪，几乎全副武装。

石群是在一个幽静的胡同里被警察按住的。长这么大，这种场面他还是第一次见到。

事先埋伏的警察，潮水一般拥向他。长枪、短枪，好几支枪口同时对着他。

石群傻了。赵民把他带回刑警队的审讯室，拿出几张血淋淋的现场照片，让石群看。

石群看得毛骨悚然。

这就是那起杀人案。

为了完成苏岩交给的任务，赵民故意把石群列为这起案件的嫌疑人。

石群被搞蒙了："赵……队长，这……和我没关系。"

赵民说："没关系，你嘴怎么不好使了。"

石群说："我是被你们吓得，我……害怕……"

赵民说："你害怕不正说明你心里有鬼吗？"

石群说："我心里没鬼。"

赵民抓住石群的衣服，"二月十七号晚上十一点，你在哪儿？"

石群说："二月十七号晚上十一点……这么长时间了，我也不知道我在哪儿啊！"

赵民说："还装糊涂是不是？那可就别怪我了啊！"他拿出了绳子，"需要给你上几绳啊？"

石群过去被上过，他扑通跪在地上，哀求着："赵大队，赵大队，你再好好查查，我是被冤枉了。杀人和我一点儿关系没有。"

赵民拿着绳子晃悠着，"有没有关系不是你说就能决定的。"

赵民用绳子将石群捆了起来，当然，他这只是做个样子。

看到今天这么多警察来抓自己，队长赵民又亲自审自己，石群完完全全被吓蒙了，为了摆脱困境，他只好有什么说什么。

什么赌博、嫖娼，特别是帮别人走私也通通说了。

11

赵民将案子移交给苏岩后，苏岩对石群还假装充满了同情："你不就走私点儿贵金属吗，赵民干吗认为你杀人了？"

石群说：“有人看见我去过现场。”

苏岩说：“那你到底去没去过呀？”

石群说：“要是去过的话，赵民能把我交给你吗？”

苏岩说：“也是。”

接下来，苏岩才开始问走私贵金属的事儿。

石群说：“具体的我不太清楚。”

苏岩急了，也拿出绳子：“你他妈的是不是以为我不在刑警队了，我就好欺负啊！”

石群说：“苏队长啊，你借我一百个胆，我也不敢欺负你啊！走私贵金属的事儿，具体是谁，我真不清楚，我只知道晚上十一点左右到林河。”

苏岩说：“你还知道什么？”

石群说：“我还知道，大概有200多万的货物。”

苏岩说：“拉货物的是什么车？”

石群说：“是两辆俄罗斯产的大卡车。”

苏岩说：“车牌号知道吗？”

石群说：“我知道。”

苏岩心里这个乐呀，知道了这么多，这个案子就等于破了。

– 12 –

经侦接触的嫌疑人大都是骗子走私犯，这些人凭借的是脑力，抓他们不像抓杀人抢劫的那么危险，所以，久而久之，搞经侦的这些警察都有些懒散。

去抓涉嫌 200 万案子的嫌疑人之前，苏岩和叶建林还在下棋。

叶建林棋瘾很大。苏岩没瘾，只是愿意和叶建林下棋。

叶建林说："你为什么不找高手下啊？"

苏岩说："找高手下，我就得天天输。"

叶建林说："你天天输，也是在天天进步啊！"

苏岩说："一个下棋，我进步不进步能怎么的。"

叶建林的棋艺进步很大，苏岩现在下不过，就不愿意和叶建林下。在经侦，叶建林是领导，又不能随随便便和其他干警下，只能让苏岩陪着他。

苏岩陪他下有条件，必须让子儿。

叶建林说："我是你领导，又是你大哥，按理说你应该让我才对。"

苏岩说："你想不想让？不想让拉倒。"

叶建林说："好好好，我让我让，说吧，让什么？"

苏岩说："让个车。"

叶建林瞪着苏岩。

苏岩假装没看见，伸手就把叶建林的车拿掉了。

在单位下棋，其实挺忌讳和领导下，赢了领导不爽，故意输了，领导还不爽！苏岩和叶建林下，没这个顾虑。苏岩从不把叶建林当领导，叶建林在苏岩面前也从不把自己当领导。

苏岩过去给局长陈凯鸣当过秘书，在苏岩眼里，公安局只有陈凯鸣是领导，其他的都是狗屁。

但这天晚上，即便是叶建林让了车，苏岩还是被动了。

苏岩怕输，趁着叶建林打手机时，又偷了一个马。怕叶建林看出来，苏岩没有很快把叶建林将死，而是慢慢地折磨他。

叶建林玩完了，才寻思过味：“我的这个马，你什么时候吃的？”

苏岩说：“清朝的时候吃的。”

– 13 –

过了灯火通明的收费站，前面的高速公路陷入了一片漆黑。远远望去，黑暗的夜空中，只有星星异常明亮。

现在是半夜，车灯的光亮笔直地射向远方，路面上几乎看不到车。

这段路虽然也是封闭的高速，但因为一共才两条车道，所以来往方向并没有封闭。这样的高速是很危险的。超车的话，需要跑到对面。

正因为没有封闭，也为堵截带来了麻烦，如果发现收费站有警察，嫌疑车辆随时可能调头逃跑。

怕这种情况发生，堵截的警车事先都藏在了离收费站很远的地方。

苏岩独自驾车迎着嫌疑车辆驶来。

根据石群的交代，这次行动应该万无一失。但警察搞案子，很少万无一失。好线索没有好结果是常有的。

那个年代，警察搞案子离不开线索，但真正起作用的线索并不多。有时一百个线索，一个像样的也没有。

但即便知道可能毫无价值，警察也会格外重视。

因为万一呢！

苏岩开车走了有十公里，才看到两台俄罗斯的大型货车。会车的瞬间，苏岩看到车牌号正是要堵截的。

即便如此，苏岩依然非常谨慎，怕被货车发现，苏岩又行驶了很远，才调头远远地跟在后面。

－14－

车、司机、押车的都有正常手续，唯独车上装的贵金属没有。

押车的名叫陈昌平，干这种事儿不是第一次了。

苏岩问他："这回是谁雇的你呀？"

陈昌平说："我不认识，他直接打的我手机。"

苏岩说："这个人长的什么样？"

陈昌平说："40多岁，脸挺黑的，有我这么高。"

苏岩说："他给了你多少钱？"

陈昌平说："一分没给，他答应到地方一起给。"

苏岩说："他答应给你多少？"

陈昌平说："500。"

苏岩说："这样，你帮我找到那个雇你的，我给你1000。"

陈昌平说："好好好，没问题。"

陈昌平嘴上说好，但他不会也不可能找到雇他的走私犯。另外，押这种车，肯定之前就把酬金收了。

既然车里装的是走私物品，按理，车、司机包括押车的，都应该被扣被抓，但由于抓不到真正的走私犯，扣了车，抓了他们，将来也不好处理，索性不如直接放了更省事儿。

当然了，价值不菲的贵金属必须得没收。

经侦不像刑侦，必须人到位才行。经侦的成绩主要体现在钱上。是以挽回或追回多少赃款赃物来衡量的。

缴获的贵金属经评估在300万以上。这些本来属于走私犯的财物，就直接变成了市里的财政收入。

– 15 –

工作了一夜，上午可以在家休息。苏岩事先也和叶建林打了招呼，可刚回到家，叶建林就给他打电话，让他马上回局里。

局长陈凯鸣要听汇报。

两个人往局长办公室走的时候，还很得意，为市里追回这么一大笔财富，市长肯定表扬局长了。

叶建林说："局长要是给咱们奖励，你想着争取要到一万。"

苏岩说："太多了。他不能给。"

叶建林说："不能给，你也得争取，谁让你答应何胜呢！"

陈凯鸣见到他们俩确实是先表扬了一番，但表扬的不是他们追回了300万的走私物资，而是他们为化工厂弄回的那100多万。

叶建林说："陈局，那100多万，完全是靠苏岩的个人关系。"

苏岩说："不是不是，是我和叶大队共同的关系。"

陈凯鸣说："谁的关系不重要，重要的是，你们想企业之所想，急企业之所急。你们整回的这100多万，等于挽救了化工厂啊，王书记昨天夜里打电话，特地表扬我了。”

这100多万整回来好几天了，怎么昨天夜里王书记才想着表扬陈局长呢？

叶建林和苏岩能感觉出陈凯鸣是话里有话了。

果然，陈凯鸣表扬完，接着就问了昨晚查获的贵金属。

叶建林说：“查获的贵金属确实是走私来的，价值至少300万以上。”

陈凯鸣说：“走私犯抓到了吗？”

叶建林说：“还没有。”

陈凯鸣说：“有线索吗？”

叶建林说：“目前没有。”

陈凯鸣不再说话，想着什么。

苏岩和叶建林相互看了看，也没说什么。看样子，应该是有走后门的了。这个走私犯的能量不小，都走到局长陈凯鸣这儿了。

陈凯鸣说：“这个走私犯是化工厂的厂长张子龙。”

苏岩和叶建林顿时面面相觑。

–16–

涉嫌金额这么大的走私犯不仅到公安局走了后门，警察还得登门去化工厂拜访。

路上，苏岩无比愤慨：“这要是盗窃、抢劫了这么多的钱，别说是厂长，就是市长、省长也不敢来走后门啊！”

怕苏岩压不住火，叶建林紧着劝：“见到张子龙你要客气点儿啊！”

苏岩说：“凭什么？”

叶建林说：“他和黄亦工是好朋友。”

苏岩说：“好朋友怎么的？他妈的，见面我就先骂他一顿。”

苏岩只是嘴上这么说，见到张子龙却满脸带笑：“张厂长，这批货原来是你的呀？”

张子龙说：“不是我的，是我们工厂的。”

苏岩的态度很好，叶建林也很好，但张子龙的态度却很不好。他指着叶建林的鼻子，“这个事儿你干得不怎么地啊，你现在让我很被动。”

叶建林说：“被动你奶奶个逼！”

叶建林一下子变得怒不可遏，他拿起茶杯摔在了地上。

以往，叶建林摔杯，苏岩就得掏枪了。但这次没有。

摔了茶杯，张子龙就吓傻了。

不久前，他还和叶建林喝酒喝得都要磕头拜兄弟了，现在说翻脸就翻脸，张子龙没见过这种事儿。

苏岩怕把事儿闹大，没有再摔茶杯，更没有掏出枪来。他只是把厂长办公室的门锁上了。

苏岩对张子龙说：“你现在涉嫌犯罪了，你懂不懂？”

张子龙说：“我懂我懂。”

苏岩说：“既然懂，那你他妈的态度就好一点儿！”

张子龙的态度好极了，问什么说什么。他首先把阎刚供了出来：“阎刚不是还了我们厂 100 多万嘛，他就问我想不想再弄 100 多万。我说，那当然想了，就这么的，阎刚就帮我联系了这笔生意……”

苏岩说：“你把走私当成生意啊？”

张子龙说：“苏警官，我错了，我是被阎刚给忽悠了，但请你也体谅我的难处啊，化工厂已经五个月不开支了，这个月要是还不开，真有吃不上饭的……”

苏岩说：“吃不上饭，你就去走私？”

张子龙说：“警官同志，我不知道这是走私，我就以为这是在做生意呢！”

– 17 –

张子龙强调做生意是有目的的，这就意味着他没有主观故意，而且，他走私不是为了个人牟利，而是为了让全厂职工吃上饭。

叶建林说：“这是有人给张子龙出过主意了！”

苏岩说：“出主意也白扯，他不是供出阎刚了吗？顺着这条线很容易查清楚。”

叶建林说：“查清楚了可能会麻烦。”

没走出化工厂，苏岩就接到了黄亦工的电话。

黄亦工说：“你来一趟？”

苏岩说：“现在不行，我正搞案子。”

黄亦工说：“那你搞完案子来吧！”

苏岩挂上电话给陈凯鸣打电话请示：“黄亦工让我过去，估计是要给化工厂说情。”

陈凯鸣说：“不见得，你去听听，看他怎么说。”

苏岩说：“好。”

苏岩嘴上说好，心里却感觉不好。陈凯鸣的态度估计是要依法办案了，而黄亦工真要是说情，苏岩会很难办。

一个是现在的局长，另一个可能是将来的局长，这两个人，苏岩谁都得罪不起。

– 18 –

黄亦工说：“关于化工厂厂长张子龙涉嫌走私这个案子，我已经和区里主要领导沟通了，我在这儿代表区里正式表个态，我们坚决支持公安局依法办案！”

苏岩有点儿没想到，“谢谢黄区长对我们工作的支持。”

黄亦工说：“张子龙昨天夜里拿化工厂的职工来威胁我，说什么工厂几个月没开支了，他搞走私是为了解决全厂职工吃饭的问题，这简直是岂有此理！”

苏岩说：“刚才张子龙也和我们这么说。”

黄亦工说：“不能助长张子龙这种人的气焰，都按他这么整，那我们国家不就乱套了？苏岩，你回去告诉你们局长，我建议对张子龙立即查办。”

– 19 –

回到局里，苏岩向局长陈凯鸣一五一十地把黄亦工的话说了一遍。

陈凯鸣问苏岩："你认为对张子龙应该依法办案吗？"

苏岩说："应该。"

陈凯鸣说："那你谈谈吧！"

过去苏岩给陈凯鸣当过秘书。他知道陈凯鸣让他谈，绝不是让他谈那些屁话。于是，他实实在在地说："局长，昨天夜里我们行动前，你知道我和叶大队在干吗？我们在下棋。"

陈凯鸣说："这么大的行动，你们下棋？"

苏岩说："是的。我们为什么下棋呢？因为我们已经习惯了。虽然走私涉嫌金额超过了200万，但其作案手法非常简单，一点儿技术含量都没有，即便我们下着棋都能把这么大的案子给破了。"

陈凯鸣没再吱声，只是静静地听着。

苏岩说："这说明了一个问题，说明经济犯罪已经猖狂到如此严重的地步了。我们随随便便都能抓到这么大金额的犯罪。陈局，如果这笔钱是偷来的，抢来的，你说，还有敢来走后门的吗？这样的罪犯至少得枪毙两回吧，可现在呢？嫌疑人我们不仅没抓，还得登门去和他商量。陈局，我认为现在已经到了杀一儆百的时候了……"

陈凯鸣说："杀一儆百，不能拿张子龙开刀。抓了他，化工厂的职工们真有可能吃不上饭！"

陈凯鸣说得斩钉截铁，苏岩这才明白陈凯鸣的意思，他马上说："其实，现在抓张子龙也有困难。"

陈凯鸣说："什么困难？"

苏岩说："证据不足。"

陈凯鸣说："既然证据不足，你回去和你们叶大队商量一下，这个案子就酌情处理吧！"

– 20 –

叶建林说："酌情酌到什么份儿上啊？"

苏岩说："这还用问吗？"

叶建林说："张子龙把陈局买通了。"

苏岩摇了摇头，"不会，早晨陈局说市委书记昨晚给他打电话了，还记得吧？这肯定是市委书记让陈局酌情处理的。"

叶建林说："那现在怎么办？"

苏岩说："你不用管了，我来办吧。"

叶建林说："你怎么办？"

苏岩说："好办。"

– 21 –

苏岩给阎刚打电话："在哪儿呢？"

阎刚说："在车上呢。"

苏岩说：“这是要去哪儿呀？”

阎刚说：“我去省城办个事儿，五天我就回来。”

苏岩说：“我给你五分钟，你马上到我办公室来。”

阎刚用十五分钟赶到了，进屋气喘吁吁地问：“什么事儿啊，老弟？”

苏岩说：“没什么事儿。”

张子龙走私贵金属竟然是阎刚帮着给联系的，这个事儿可不小啊！但苏岩压根儿没提，他只是说：“你帮张子龙联系了一笔贵金属的生意，是吧？”

阎刚看着苏岩，没敢接茬儿。

苏岩拿出了一张纸，递给了阎刚：“我们查了一下，手续不全啊！”

纸上标出了贵金属进口审批流程。阎刚看完直发蒙。

苏岩说：“既然你帮着做生意，那你就得按着正常渠道去办啊，你现在赶紧去帮着把手续都办了吧。啊？”

阎刚拿着那张纸的手直哆嗦，但苏岩却假装没看见，他似乎真以为阎刚是在帮张子龙做生意呢。

– 22 –

杜娟办公室的门开着，苏岩路过时很想往里看，但他忍住了。

来到了科长办公室，杜娟正和科长聊着。

科长说：“哟，苏哥来了。”

苏岩看了杜娟一眼：“你们谈事儿？”

科长说：“已经谈完了，快请坐。苏哥，什么指示？”

苏岩说:“没有指示，我是来请示。”

科长说:“请示什么呀？”

苏岩说:“我来请示下次什么时候请你们科再喝一顿。”

科长明白苏岩这是在挖苦，有点儿不好意思，“苏哥，苏哥，那天不应该灌你酒啊！”

苏岩看了看杜娟。

杜娟说:“看什么呀？你还欠灌是吧！”

苏岩说:“干吗对我有这么大仇恨？”

杜娟说:“谁让你装呢！”

苏岩说:“我装什么了？”

科长对杜娟说:“你先去忙，一会儿，我再找你。”

杜娟走了之后，苏岩问科长:“这个杜娟怎么回事儿？”

科长说:“苏哥，你别往心里去啊！上次吧，我们科其他人说你能装，说你只和局长喝不和我们普通人喝，就这么的，杜娟就说，她要灌灌你！”

苏岩指着科长，“说我能装，说我只和局长喝酒的，肯定是你。”

科长直摆手:“不是我，真不是我。”

苏岩说:“你等着啊，下次我找两个美女把你喝死。”

科长乐了:“那就今天行吗？”

苏岩说:“今天不行，今天我没时间。”

两个人扯了好一会儿，苏岩才把来意说了。

科长有些为难:“企业本来是犯罪了，咱们却说它是正常经营，这好吗？”

苏岩说:“我知道不好，但这不是没办法吗！”

科长说："没办法也不能乱来呀！"

科长显然是怕担责任，他最后说："苏岩，你这样让我宣传你们，我恐怕是不能答应。"

见科长这样，苏岩只好搬出了陈凯鸣："科长，这可不是我让啊，是陈局让的。"

说到了陈局，科长立马答应："那好那好。这样，为了充分保证宣传的效果，你先帮我们写个初稿，可以吗？"

苏岩说："可以是可以。但对外宣传先缓缓，你先在局里帮我们发个《情况反映》。"

– 23 –

市局经侦大队实实在在
为全市经济建设保驾护航

市局经侦大队在领导班子调整以后，始终围绕为经济建设服务这一中心，时时刻刻为全县经济建设保驾护航。为了在实际工作中减少因工作失误而造成的国家和企业的经济损失，他们在遵守各项法律制度的基础上，按照有利于改革开放、有利于全市经济发展的原则，本着对国家、社会、企业负责的态度，把国家、社会、企业利益作为自己开展各项经侦工作的前提。

前不久，经侦大队在工作中得到线索，市某化工厂从境外购进总价值近200万元的有色金属，他们很快出动并依法扣留这批金属。但经深入调查，他们了解到，这个企业现正急需这批有色金属加工出口，如果按照办案程序进行调查，将会延误工厂的生产进度，加重企业负担，弄不好要造成企业严重亏损，导致工人大量下岗，这会在某种程度上影响发展地方经济，对当地的边贸搞活极其不利。为此，他们马上向市局领导做了汇报，局领导立刻向市里有关部门请示。市领导指示市局对此要慎重，要以稳定经济建设为大局。根据市领导的指示，市局经侦大队迅速帮企业补办了有关手续，很快解除了对该批有色金属的扣留。

– 24 –

杜娟来到了经侦科，把这个《情况反映》交到了苏岩的手里，“我们科长让你先看看，如果没什么问题了，下午就印发了。”

局里的《情况反映》印数不多，印发的面挺广，从局领导到下面的科所队的领导，都能看到。

苏岩仔细看了看，对杜娟说：“好好好，没问题，回去谢谢你们科长！”

杜娟没吱声，静静地注视着苏岩。

苏岩说：“怎么了？”

杜娟说：“你故意躲我！”

苏岩说：“没有啊！”

杜娟说：“他知道我和你的事儿了！”

苏岩吓了一跳："谁呀？"

杜娟说："蔡建宏。"

蔡建宏是杜娟的男朋友！

杜娟说："昨天晚上，我和他打起来了。"

苏岩不知所措："因……为什么呀？"

杜娟说："还能因为啥，因为你呗。我和他已经分手了。"

苏岩有点儿蒙："是……嘛！那……"

杜娟说："那……什么呀！你小心点儿啊，蔡建宏这两天可能会来找你！"

－25－

苏岩蒙了。

蔡建宏真的来找自己，他真不知道该如何面对。

苏岩没回办公室，离开单位，直接去了洗浴中心。他先是把自己泡在了冷水里，接着又泡在了热水里，最后泡在了温水里。

苏岩闭着眼睛，静静地抽着烟，他让自己完全沉浸在水汽与烟雾之中。

泡完洗完，苏岩穿着宽大的睡衣来到了休息大厅。他给何胜打手机："我来你这儿了，你在哪儿？"

何胜说："我在外面陪着两个哈尔滨的客人吃饭。你过来吗？"

苏岩说："我不过去了。"

何胜说："那你休息一会儿，完事儿，我回去找你。"

苏岩来到了大厅的角落里，一个服务生急忙过来，“先生，何总来电话，让您到贵宾厅去休息。”

苏岩看到大厅里乱糟糟的，到处是人，就跟着服务生来到了贵宾厅。

贵宾厅很大很静很豪华，苏岩来到角落里，给婷婷打了手机：“你在吗？”

婷婷说：“我在。”

苏岩说：“过来帮我按按头？”

婷婷说：“马上到。”

苏岩躺在宽大的沙发床上，刚点燃了烟，婷婷就来了，“哥，什么时候到的？”

苏岩说：“刚到。”

婷婷这次规矩多了，十分正规地捋着苏岩的头。

增加项目前，她还询问苏岩：“用不用给你掏掏耳朵？”

苏岩说：“掏吧！”

婷婷没用掏耳勺，用的是两根长发。长发伸进耳朵，轻轻地旋转着，又麻又痒又舒服。

婷婷说：“这样行吗？”

苏岩说：“行。”

看着婷婷如此小心谨慎，苏岩寻找着话题：“你们同学里还有干这个的吗？”

婷婷说：“有啊。”

苏岩说：“多吗？”

婷婷说：“不多，我们班里有四五个吧！”

一个班里就有四五个，还不多？

苏岩有些感慨：“婷婷，你们都是怎么想的？”

婷婷说：“刚开始想得挺多，后来一想，和男朋友不也得睡嘛，可和男朋友睡都白睡了，毕了业就各奔东西，男生在学校处朋友，名义上是谈恋爱，其实就是为了能够冠冕堂皇地睡。”

苏岩听不下去了，就岔开话题：“哎，你会做足疗吗？”

婷婷说：“会呀！好，现在我就给你做啊，你好好睡一觉吧！”

– 26 –

何胜说：“刚才到贵宾厅去找你，看到婷婷给你做足疗，我就没打扰你！我还是头一次看她给别人做足疗呢！”

苏岩说：“什么意思，她不会吗？她做得挺好的！”

何胜说：“好她也不给别人做，她总把自己伪装成大学生。”

苏岩说：“那她到底是不是大学生？”

何胜说：“可能是吧，我没具体问过，但就算是也没什么稀奇的。”

聊了一会儿婷婷，苏岩就开始说贵金属走私的事儿。

苏岩说：“对不起啊，你举报的那些货我们没扣。”

何胜还假装很吃惊：“为什么没扣呀？”

苏岩说：“为了给全市的经济建设保驾护航呗！”

苏岩简单地说了说，何胜也简单地听了听，他没敢往深里问。

苏岩说：“当初我答应帮你解决一万块钱，现在货都没扣……”

何胜说："苏哥，这个就算了。"

苏岩说："你帮我这么大的忙，不能算了啊！这样，石群还在我那儿押着，明天，你去找我给他说情。我借机把他放了。这个情呢，我估计怎么的也得值一万吧！"

何胜说："苏哥，你做事儿太讲究了。"

苏岩说："讲究谈不上。我不能伤你心啊，要不然，今后你也不会再给我好线索了。"

何胜显得很高兴："放心吧，今后有好线索，我一定还会告诉你。"

– 27 –

阎刚是帝豪的股东，何胜也是帝豪的股东，阎刚怂恿张了龙去走私，何胜百分之百知道。可何胜却找苏岩把这事给举报了。

这里一定有阴谋。

搁过去，苏岩找到何胜会一顿胖揍，逼迫他说出真相。

但这次苏岩没有。苏岩比较全面。既会以暴制暴，也会以恶制恶。

– 28 –

过去苏岩帮阎刚收拾了魏治国，现在要收拾阎刚，苏岩还得让魏治国帮忙。

敌人的敌人就是朋友。

但魏治国对苏岩似乎戒备心很重。

苏岩给魏治国打电话："晚上忙吗？一起吃个饭？"

魏治国说："苏哥，你有什么事儿，直接吩咐就行。"

苏岩说："你和银行熟吗？"

魏治国说："我不太熟。"

苏岩说："不熟就算了。"

魏治国说："什么事儿你说吧，我去想想办法。"

为了解除魏治国的戒备心，苏岩故意套近乎："我没什么事儿，我就想请请你，最近，我有点儿苦闷，想和你学点儿本领。"

魏治国说："你想学什么本领？"

苏岩说："我想和你学学怎么搞破鞋！"

魏治国在电话里哈哈地笑了："搞破鞋你还用和我学呀！苏哥，这样，晚上我们聚聚，一块儿切磋切磋！"

魏治国似乎当真了，晚上吃饭还特地找了两个银行的美女。

苏岩进了雅间，开始都有点儿蒙。

魏治国隆重地介绍："这是周雪静，这是宋雪莹，这是公安局经侦大队长苏岩。"

大家握着手，你好你好。

苏岩想说，我不是大队长。但看到周雪静和宋雪莹似乎对他这个所谓的大队长并不感冒，也就懒得再更正。

银行的这两个女人明显对魏治国充满了好感和敬意，她们频频举杯："魏总啊，马上月底了，再给存点儿呗！"

魏治国说："没问题，后天，我有笔工程款就结了，结了我就存在你们银行里。"

周雪静问："你这笔款有多少啊？"

魏治国说："不多，大概只有700万。"

那个年代往银行里一下子存这么多钱，这是很大的成绩啊！

两个女人争着和魏治国喝酒。

魏治国说："你们俩真不懂事，别光和我喝呀！和苏队长喝呀！"他指着在一旁喝着饮料的苏岩说："知道我为什么把苏大队长请来吗，我这笔钱结了得放在他那儿！"

周雪静说："为啥呀？"

魏治国看着苏岩："你说吧！"

苏岩不想整这个，又不好拆台，"还是你说吧！"

魏治国就开始编："知道什么是经侦吗？经侦就是经济侦查，林河市所有涉及经侦的案子，都由苏大队管。他不光管案子，更重要的是管钱，我这700万算什么呀。上礼拜，化工厂的两个亿都在苏警官这儿管着呢！"

苏岩听不下去了，但因为有求于魏治国，又不好翻脸，只能不断地更正："没有这么多啊，真的没有这么多，再说，这个钱不在我们经侦这儿放着，都存在银行里。"

周雪静说："苏队长，那你们都存哪个银行里啊？"

苏岩说："都存在中国银行里。"

宋雪莹说："下次就存我们银行吧！"

周雪静也说："存我们银行。我们银行可以给你们特殊政策，我们给的利息比中国银行的多老鼻子了。"

宋雪莹、周雪静一边一个围住了苏岩。

苏岩有点儿招架不住，只好说："对不起，我们有规定，我们追缴的赃款必须要存在中国银行。"

– 29 –

见苏岩实在不想往下继续，魏治国找了个借口，把宋雪莹和周雪静撵走了。

苏岩说："你刚才简直是满嘴跑火车呀。"

魏治国说："我看你不喝酒，我就有点儿着急了。"

苏岩说："你着什么急啊！"

魏治国说："我着急把她俩替你拿下呀！"

苏岩笑了。

魏治国说："笑什么呀？今晚你不是要和我切磋怎么搞破鞋嘛！"

苏岩那么说只是找个见魏治国的理由，见魏治国如此误会，苏岩直截了当地问："认识银行的高守仁吗？"

魏治国说："认识啊！"

苏岩说："和他熟吗？"

魏治国说："熟啊！"

苏岩说："他有什么把柄吗？"

魏治国说："目前是没有，但我能找到。"

苏岩给魏治国的酒杯倒满，自己先端杯干了："啥也不说了，无比感谢。”

魏治国干了杯中的酒，却小心翼翼地看着苏岩。

苏岩说：“怎么了？”

魏治国说：“今天你找我就是高守仁这一个事儿吗？”

苏岩说：“对呀！”

魏治国说：“除此之外就没别的事儿了？”

苏岩理解错了：“还有就是感谢你的事儿了，治国啊，你放心，将来我……”

魏治国说：“苏哥，你别误会啊！我可不是这个意思。今天你找我吧，把我吓坏了，我还以为你要收拾我呢！”

苏岩手里有魏治国的把柄，收拾魏治国也的确不在话下。

魏治国除了骗阎刚，肯定也骗过别人。他最怕的，就是苏岩通过媒体给他曝光。魏治国这么帮苏岩，也是想为自己立功留条后路。

既然魏治国现在表现这么好，苏岩多少也得表个态。

苏岩说：“我查了一下，你不骗企业，不骗穷人，你骗的都是像阎刚这样的，对吧？”

魏治国说：“太对了。阎刚这样的，他们的钱都不是好来的。”

苏岩说：“我之所以不往深了查你，也是因为他们比你要可恶得多。治国，我是警察，我现在要是说，我今后再不查你了，我那是在徇私舞弊，这个我不敢保证，但有一点，我敢向你保证，只要你帮我去搞更多的案子，只要你帮我去追回更多的赃款，你放心，我苏岩百分之百会对得起你！”

苏岩这么说，也只是给魏治国开了张空头支票，但即便是空头支票，魏治国的脸上也露出了无比舒心的笑容。

– 30 –

苏岩开车行驶在漆黑的夜里。这样的深夜，让苏岩无比孤独。下午、晚上，他不停地接触人，一方面是为了搞案子，同时也是为了不去想杜娟。

但这样回避的结果，却使得苏岩的想法愈加强烈。

在一个岔路口，苏岩猛地停下了车，拿出手机迅速地拨通了。

苏岩说:“还没睡？”

杜娟说:“有事儿吗？”

苏岩只好开门见山:“你男朋友是怎么知道的？”

杜娟说:“知道什么？”

苏岩说:“知道我们的事儿。”

杜娟说:“你个傻子，我逗你玩呢，放心吧，没人知道我们的事儿！”

苏岩心里的石头落了地，他温柔地问:“你干吗要骗我？”

杜娟说:“我想你了！”

– 31 –

杜娟的家离市中心有些远，苏岩费了好一会儿才找到。

杜娟家不大，一室一厅。装修不豪华，却十分温馨。

苏岩进屋时，杜娟穿着睡衣，正坐在沙发里看书。

苏岩坐在沙发里看着杜娟。

杜娟说："来干吗？"

苏岩说："来看看你！"

杜娟说："看什么呀？"

苏岩说不出话。

杜娟虽然穿着睡衣，但雪白的长腿从缝隙中露出来，比她光腚时还诱人。

杜娟说："你现在看完了吗？"

苏岩说："看完了。"

杜娟说："看完了你就走吧。"

苏岩站起身，慢慢地向外走，来到了门前，转身看着杜娟。

杜娟走过来搂着苏岩说："看什么呀，你赶紧走啊！"

苏岩没吱声，只是摸着杜娟。但摸着摸着，杜娟就不让摸了，"受不了，你赶紧吧！"

第三章
CHAPTER 3 〉

－1－

上午，苏岩困得睁不开眼睛，见到何胜来竟然忘了昨天答应的事儿。

何胜见苏岩不提，还以为苏岩变卦了，便迂回地找着话题。

何胜说：“公安局对化工厂真是好啊，这么大的案子，就这么给压下来了。”

苏岩说：“公安局也没办法，不压下来，化工厂的职工就有可能吃不上饭。”

两个人闲聊了好一会儿，何胜才像突然想起什么：“哎，苏哥，那个石群现在放了吗？”

苏岩这才想起，急忙说：“没放啊，昨天不是说好，等你先来走后门再放吗？”

石群一直被押在审讯室里。

苏岩和何胜一起来到审讯室。

石群挺着脖子，很不高兴地看着苏岩。

苏岩说：“你看什么呀？”

石群说：“走私犯你们都放了，现在干吗还押着我？”

这句话把苏岩问住了。

苏岩说：“你几个意思？”

石群说：“我就一个意思，苏哥，赶紧把我放了吧！”

苏岩说：“公安局不是我家开的。放你我没这个权力。”

苏岩说完，转身走了。

何胜上前给了石群两个耳光，“你到底想不想出去？”

石群说：“想啊。”

何胜说：“想的话，赶紧把嘴闭上。”

– 2 –

何胜说：“苏哥，经我这么一劝啊，石群彻底老实了。”

苏岩说：“我要的就是这个效果，一会儿我放石群，他百分之百得感谢你！”

何胜说：“那是肯定的。”

苏岩说：“那一万块钱……”

何胜说：“不要再提钱了。苏哥，你记住啊，从今往后，无论有没有钱，我都保证给你几个像样的线索。”

苏岩说：“谢谢了。”

何胜说："那现在就把石群放了吧，我直接领他走。"

苏岩说："现在放不了，当时抓他不是怕把你暴露吗，我是求刑警队帮我抓的他，现在抓他的手续都在刑警队。"

何胜说："那怎么办？"

苏岩说："这好办。你先回去，我到刑警队把手续办完，争取下午就让石群出来。"

何胜说："那就多谢了。"

何胜走了以后，苏岩没到刑警队办手续，而是直接来到了审讯室。

石群说："苏哥，刚才我对你态度不好，你不要和我一般见识。"

苏岩没说话，先是一顿踹。

踹的地方主要是肚子。肚子里有肠子有胃，踹几下就得翻江倒海。

石群抱着肚子满地打滚。

苏岩踹完肚子，拿出绳子，给石群上了一绳。

石群满脸流汗："苏哥，我错了，苏哥，我错了。"

苏岩说："你哪儿错了？"

石群说："我不该跟你装。"

苏岩又上了一绳。

石群彻底受不了了："苏哥，苏哥，这次我真错了。"

苏岩说："你到底哪儿错了？"

石群说："我不该骗你。"

－3－

把石群打成这样，想放也没法放了。

苏岩找到赵民，直截了当地说："我把石群打了。"

赵民说："你打他干吗？"

苏岩说："他骗我。"

赵民说："骗你你也不能打人啊！"

苏岩说："我已经打了。"

赵民说："身上有伤吗？"

苏岩说："肚子上有。"

赵民说："那怎么办？"

苏岩说："现在得让他到看守所把身上的伤养养，要不然，这小子到检察院告我，我会有麻烦。"

赵民火了："把他押到看守所，我也有麻烦啊。看守所现在有检察院在值班。"

苏岩说："赵队，怎么还急眼了？我知道有值班的，我这不找你商量嘛！"

赵民说："商量什么呀？"

苏岩说："如果检察院找你，你就说这个石群涉嫌碎尸案。"

赵民说："这不行。"

苏岩说："怎么不行？你抓他不就是因为他涉嫌碎尸案吗？"

赵民说："我那是在帮你忙！"

苏岩说："这个忙你现在还得继续帮。"

赵民说：“你他妈的和我开什么玩笑！”

苏岩说：“我他妈的像在和你开玩笑吗？”

苏岩从始至终一直在严肃地说，赵民不得不认真地问：“到底怎么回事儿？”

苏岩说：“这个石群涉及一个很大的案子！”

赵民说：“陈局知道吗？”

苏岩说：“知道。”

赵民踢了苏岩一脚，“既然陈局知道了，那你早说不就完了。”

– 4 –

安顿好石群，苏岩给化工厂的厂长张子龙打电话：“经侦大队帮了你这么大的忙，你也不来感谢感谢。”

张子龙马上亲自到经侦大队来感谢：“苏队长，我代表化工厂全体干部职工，向你表示由衷的谢意。”

苏岩说：“你不要谢我呀！”

张子龙说：“我必须要谢你！这个事儿多亏你了。”

张子龙还要说什么，苏岩懒得听，他把张子龙带到了审讯室。

审讯室有张铁椅子。

苏岩说：“请坐吧！”

张子龙说：“你这是要干吗呀？”

苏岩说：“问你点儿事儿！”

张子龙说：“什么事儿呀？”

苏岩没回答，给叶建林打电话：“他到了，你过来吧。”

张子龙坐在椅子里，有点儿发蒙。

苏岩从抽屉里找出把手铐，“当”的一声，扔在了张子龙的面前。

张子龙说：“苏岩，你这是要干吗呀？”

苏岩没理他，掏出了讯问笔录专用纸，放在了桌子上。

叶建林走进来，没有表情地坐在张子龙面前，冷冷地看着他。

张子龙更蒙了。

叶建林打开小本，看了看：“有这么几个问题，你要如实回答。”

张子龙说：“什么问题呀？”

叶建林说：“走私贵金属是阎刚为你联系的吗？”

张子龙说：“是呀。”

叶建林说：“除了阎刚之外，何胜找过你吗？”

张子龙犹豫了一下：“没有啊。”

叶建林说：“张厂长，你走私的事儿还没有结束，现在你最好老实点儿！”

张子龙不吱声了。

苏岩怕搞僵，便把石群的笔录放在了张子龙的面前。

张子龙看完问：“这个石群是干吗的？”

苏岩说：“石群是何胜的朋友，何胜正是通过这个石群，向我们举报了你走私贵金属的事儿！”

张子龙说：“是何胜举报的我？”

苏岩说：“当然了。”

张子龙傻眼了：“那这么说，我走私这个事儿，是被阎刚、何胜他们下了套？”

苏岩说：“正是。”

– 5 –

起初，阎刚要帮助张子龙走私贵金属，张子龙死活不干。

阎刚说：“你要是不干，那这 100 多万呢，我暂时还不能给你。”

张子龙说：“为什么？”

阎刚说：“因为我要用这 100 多万去进这批贵金属。”

张子龙说：“那你进吧，这个钱呢，你可以过几天还我。”

阎刚说：“我进这批货，需要你们工厂的手续。”

张子龙说：“你要是用我们工厂的手续，那和我们直接进货还有什么区别呀！”

两个人为这个事儿都争论了起来。最后，帝豪集团老板孙俊出面向张子龙做了保证：“张厂长，万一出了事儿，我帮你去摆平。”

– 6 –

苏岩非常惊讶：“是孙俊亲自向你做的保证？”

张子龙说：“是呀，要不然，这种事儿，我也不敢做啊！”

孙俊如此明目张胆，都让苏岩愣住了。

叶建林继续问张子龙：“贵金属被我们扣了之后，你找孙俊了？”

张子龙说：“没等我找他，他就来找我了，是他让我一口咬定，这是在做生意！”

叶建林说：“他让你一口咬定，你就咬啊？他是你爹呀！”

苏岩也问张子龙：“你在孙俊手里是不是有把柄啊？”

张子龙没接却反问：“孙俊这次干吗又给我下套啊？”

苏岩继续反问：“这么说，孙俊以前给你下过套了，是吧？”

如此明确的问话，张子龙却不吱声了，但此时无声胜有声啊。

– 7 –

把孙俊牵扯出来，苏岩很意外，也很兴奋。

苏岩想查孙俊由来已久，甚至他到经侦大队就是奔着孙俊而来。

现在孙俊公然跳出来，苏岩能感到浑身的热血一个劲儿地往头上冲！

熊逼样的，还找上门来了！

干你！

– 8 –

陈凯鸣当副局长时还天天喝，当了局长基本不喝了。

苏岩说：“晚上请你喝点儿？”

陈凯鸣说："好啊！"

苏岩开车拉着陈凯鸣来到了市里一个不起眼的羊汤馆。羊汤馆在胡同里不太好找，里面的羊汤和馅儿饼格外好吃。

苏岩事先订下了馆里唯一的小雅间。

陈凯鸣进来之后，先吃了张馅儿饼，又喝了多半碗羊汤。

过去陈凯鸣到这里也就只点馅儿饼和羊汤，这次要喝酒，苏岩就又点了几个菜。

陈凯鸣挨个儿吃完，赞不绝口："他们的菜也不错呀！"

苏岩说："是不错呀！"

陈凯鸣说："那以前你请我为什么不点菜呢？"

苏岩说："点菜不是费钱吗？"

陈凯鸣说："你小子真抠。"

苏岩要了两瓶啤酒。

陈凯鸣说："他们家不是有小烧吗，要两杯。"

苏岩说："要一杯你自己喝吧！"

陈凯鸣说："不行，你得陪我喝一杯。"

这里的杯很大，一杯有三两。

苏岩喝了两口，满脸通红，"陈局，剩下的给你吧！"

陈凯鸣说："你敢！来，把剩下的干了。"

苏岩只好硬着头皮一饮而尽。

陈凯鸣说："好样的。咱俩再一人来瓶啤酒。"

苏岩说："本来我就不能喝，这么一掺我非吐不可。"

陈凯鸣说："吐就吐呗，好长时间没看你吐了。"

– 9 –

吃完喝完吐完，苏岩开车拉着陈凯鸣回到了局里。苏岩要给陈凯鸣冲茶。

陈凯鸣没让："我喝白水。"

苏岩给自己冲了杯浓茶。

陈凯鸣说："喝这么多茶，今晚你还能睡着吗？"

苏岩说："我能。"

苏岩早就困得睁不开眼，不喝茶，他怕和局长说不清楚。

今晚，苏岩要说的挺多。但他又不能说太多。陈凯鸣历来烦磨叽，苏岩必须简单明了。

苏岩收拾了阎刚，又在帝豪洗浴中心找到了摄像头，应该是惊了孙俊。于是，孙俊采取了行动。他先是让阎刚还了化工厂100多万，接着以此诱导化工厂去走私贵金属。

苏岩说："孙俊一定认为你要查他，所以，他就故意让张子龙去走私，目的是让我们左右为难。"

陈凯鸣说："孙俊为什么要认为是我要查他？"

苏岩说："他知道我过去是你的秘书，他看我去查他，就很自然地认为我是受你的委派。"

陈凯鸣过去让经侦查过孙俊，但没查下去。这让陈凯鸣很被动。

苏岩知道后很震惊，一个经济犯竟然连公安局局长都查不了，这也太过了吧！

苏岩过去在刑侦队就善于啃"硬骨头"。每次遇到要案要犯，他都会很兴奋。公安局局长都查不了的孙俊，引发了苏岩强烈的冲动。

苏岩说：“陈局，现在我想查查他。”

陈凯鸣说：“你想怎么查他？”

苏岩说：“我想杀了他！”

这句话，苏岩说得很平静。

陈凯鸣没吱声，看着苏岩。

苏岩说：“现在，林河的经济犯罪已经不是一般的严重了，只有杀了孙俊，才能杀一儆百。”

－10－

苏岩到经侦，又把叶建林弄到了经侦，陈凯鸣就隐约感觉出，苏岩的目的应该是为了查孙俊。

对此，陈凯鸣一直没有表态。他既希望苏岩查孙俊，又不希望苏岩查孙俊。

孙俊这样的只有苏岩才能查得了，而苏岩这样的去查孙俊这样的，很可能会把自己也查进去！

陈凯鸣左右为难时，苏岩却主动来点明：孙俊现在已经认为自己被查，是陈凯鸣在指使苏岩！

在这个关头，陈凯鸣也只能支持苏岩了。

– 11 –

苏岩把陈凯鸣送回家，又开车回到了局里。他给杜娟打电话：“你办公室的灯亮着。”

杜娟说：“我在加班。”

苏岩说：“这么晚还加班？”

杜娟说：“白天吧，我困蒙了，就关门在沙发上睡了好几觉，结果晚上了，我才想起明天要给省厅报表。”

苏岩说：“你吃饭了吗？”

杜娟说：“晚上在食堂吃了，都是剩饭，可难吃了。”

苏岩说：“现在想吃点儿什么？”

杜娟说：“我想吃蛋糕。”

苏岩开车来到了市里的蛋糕店时，困意不断地袭来。他甚至后悔给杜娟打这个电话。

苏岩买了一大块水果蛋糕，来到了杜娟的办公室。

杜娟正低头写着什么。

苏岩说：“你看看是不是这种？”

杜娟看了一眼，“就是这种，谢谢你啊！”她从盒子里拿出一块塞进嘴里，一边吃，一边继续在表格里填着数字。

苏岩有些不自在，昨天夜里两个人还那样，今天见面像没那事儿似的。

苏岩只好没话找话：“你这数字是统计出来的吗？”

杜娟说：“不是，是我们科长编的。”

苏岩说：“数字他也敢编？”

杜娟说："文章你都敢编，数字有什么不敢编的？"

苏岩说："这是两码事儿，文章我是在编故事，他敢编数字……这是造假啊！"

苏岩的语气很严厉。

杜娟这才放下了手里的蛋糕，坐在了苏岩的旁边，变得热情了些："刚来的时候，我也挺不理解的。但后来看到下面也这么报，我也就跟着报了。"

苏岩摸着杜娟的头发。

杜娟说："哎，没想到，你还挺正直呢！"

– 12 –

夜风通过车窗吹着，在黛色的夜幕里，苏岩开车拉着杜娟穿行在空旷的街道上。

杜娟没有依偎在苏岩的肩上，苏岩也没把手放在杜娟的腿上。

两个人好像只是普普通通的同事。

两个人这样一直到了杜娟家小区的门前。

这个时候，苏岩很怕杜娟说上去坐会儿吧。现在他真不想。好在杜娟也不想。她打着哈欠，摸了一下苏岩的脸，"谢谢你送我。"

苏岩说："你真客气。"

杜娟下了车，快走到小区门前，像是想起了什么，走回来说："明天中午，你到我家来，我和你说个事儿啊！"

苏岩没问什么事，直接说：“好的。”

看着杜娟终于走进了小区的大门，苏岩这才一脚油门到底。

轿车在漆黑空旷的街道上飞驰着。

虽然喝了不少茶，苏岩还是困得要命，他现在只想回家，只想钻进被里，狠狠进入梦乡。

– 13 –

早晨来到单位，何胜和阎刚站在走廊里。苏岩像是没看见，径直进了自己的办公室。两个人跟着进来后，苏岩才问他们：“什么事儿啊？”

阎刚还想拐个弯儿：“朋友在西山整了个山庄，我们想请你去吃一顿。”

苏岩说：“你们还有别的事儿吗？”

何胜说：“昨天你不是答应要放石群吗？”

苏岩说：“昨天我是答应了，可今天，我又不答应了。”

何胜说：“为什么呀？”

苏岩说：“因为石群告诉我，你们合伙在骗我。”

两个人被苏岩说得面面相觑。

苏岩毫不留情地揭露着，他指着阎刚：“化工厂走私是你去忽悠的吧！”他又指着何胜：“忽悠完化工厂去走私，是你亲自到我这儿进行揭发的吧？”

阎刚说：“我那么干是孙总让的。”

何胜说：“我那么干也是孙总让的。”

苏岩说：“哪个孙总啊？”

阎刚和何胜一起说：“当然是孙俊了。”

两个人如此坦白，苏岩有点儿意外。

阎刚说：“孙总想和你见面谈，现在先把石群放了，可以吗？”

苏岩说：“可以。”

押石群的目的，苏岩只是想知道内幕。现在阎刚、何胜把内幕已经和盘托出，再押石群也就没意义了。

另外，苏岩把石群打了，石群真要以此告苏岩，苏岩会很麻烦。

– 14 –

苏岩带着阎刚、何胜一起到了看守所。他把石群先提到了会见室。

石群进了屋，浑身就哆嗦。

苏岩指着阎刚、何胜，“他们俩今天求我放你。”

石群对他们双手合十：“谢谢谢谢。”说着，就要跪下给他们磕头。阎刚、何胜急忙扶起他。

何胜说：“不要谢我们，要谢的话，你就谢苏哥。”

石群跪下要给苏岩磕头。

苏岩说：“你他妈的赶紧起来。”

苏岩的声音很大。

石群起身，对苏岩说：“谢谢，谢谢你放我。”

苏岩说："我放你是有条件的。"

石群说："什么条件？"

苏岩说："你要给我出道题，这个题呢，得让我答不上来才行。"

石群蒙了。

只要不想答，任何题苏岩都可能答不上来。

何胜在旁边说："苏哥，这道题让我出，行吗？"

苏岩说："行啊。"

何胜说："是这么个题啊！有两只乌龟到一个山洞里约会。他们俩呢约得挺舒服，于是乎，女乌龟对男乌龟说，明天我还想在这儿约会，你看行吗？男乌龟乐坏了，满口答应。第二天怕迟到，男乌龟提前一个小时就来了，可是，来了之后，他发现女乌龟已经来了。男乌龟十分不解地问，'你怎么来得比我还早啊？'这时，女乌龟害羞地说，'我昨天晚上根本就没回去。'苏哥，现在我问你啊，这个女乌龟昨晚为什么没回去？"

苏岩说了几个答案，都不对。

这个题把苏岩难住了，最后，他问何胜："那你说，女乌龟为什么没回去？"

没等何胜说，石群先说了："这个女乌龟不是一夜没走嘛，她就对男乌龟说，你个坏东西，昨天晚上你走的时候，你忘记把我翻过来了！"

苏岩哈哈大笑着。

石群说："苏哥，你放我吗？"

苏岩说："放啊！我现在就放。"

– 15 –

中午，楼洞里很静。

苏岩鬼鬼祟祟地来到了门前。门虚掩着，苏岩推门进去之后，感到挺温馨。

客厅与厨房中间有扇窗户。透过窗户，能看见杜娟扎着围裙正在炒菜。

土豆丝、鸡蛋饼、拌黄瓜……非常像样。

苏岩说："你还会做饭啊？"

杜娟说："做饭很了不起吗？"

苏岩说："不是一般的了不起。"

吃饭的时候，苏岩说："你和蔡建宏黄了吧！"

杜娟说："黄了你娶我？"

苏岩说："当然了，只要你想嫁给我。"

杜娟说："我不想嫁给你。"

这句话，杜娟说得干脆利索。

苏岩很难堪。

杜娟似乎也觉得说得有些过，便把身体靠在了苏岩的肩上，"我和他订婚了，人家把房子、车都买了……"

苏岩说："房子、车我都不用买，我家是现成的。杜娟，你再考虑考虑。"

杜娟笑了。

苏岩说："你笑什么？"

杜娟说："你想娶我，是不是有点儿不好意思了？"

苏岩说:“怎么不好意思了?你的意思是说,我睡了你,如果我不娶你,就好像我……”

杜娟用手堵住了苏岩的嘴。

苏岩把杜娟的手拿了下来,继续劝着:“蔡建宏不就一个工厂的技术员嘛……”

杜娟说:“他现在不是技术员,他提车间主任了,很可能明年就提他为副厂长。”

说这些话时,杜娟的眼里露出了光彩!

原来,杜娟喜欢当官的呀!

这无疑捅到了苏岩的软肋。

苏岩不想当官,他这样问题很多的人也很难当上官!

苏岩的情绪变得很低落,即便到了床上,也没好转。

杜娟说:“亲爱的,怎么了?伤你自尊心了?”

苏岩说:“你喜欢我吗?”

杜娟说:“当然喜欢了,要不也不能和你上床啊!”

苏岩说:“既然喜欢那干吗不嫁给我?”

杜娟说:“喜欢你就嫁给你,那将来不喜欢了,难道就离婚吗?”

苏岩被问住了。

杜娟把柔软的身体完全依偎在苏岩的怀里,“亲爱的,别想那么多了啊,抓紧时间,一会儿该上班了!”

– 16 –

离开杜娟的家，苏岩没回单位上班。他来到了区里想要和黄亦工谈谈。

上次陈凯鸣查孙俊之所以没查下去，最大的阻力就是黄亦工。

黄亦工过去是市委书记的秘书，现在是副区长，将来有可能还是公安局的局长，这样的人物要是帮孙俊，的确是不好查。

苏岩这次来找黄亦工主要是想探探底儿。

但黄亦工见到苏岩却明显带着敌意，他说："你找我有什么事儿？"

苏岩说："没什么事儿，我就是想和你汇报一下。"

黄亦工说："我也不是你的领导，你向我有什么可汇报的？赶紧的，有什么事儿快说。"

苏岩说："我想给你介绍个女朋友。"

说完这句话，黄亦工愣住了，苏岩自己也愣住了。

这句话应该是苏岩下意识地说出来的。

杜娟喜欢当官的，而面前的黄亦工还不到40岁就已经是副处！苏岩心想，既然这样，我给他们介绍一下不挺好吗？

黄亦工说："你要把谁介绍给我呀？"

苏岩说："是我们单位宣传科一个新来的警花。"

黄亦工笑了。

苏岩说："这个警花叫杜娟，非常漂亮，她们科长告诉我，她有点儿势利眼，就想找个当官的，我心想……"

黄亦工说："你心想，我官挺大呀，干脆给我介绍介绍得了！"

苏岩说："就是啊！"

黄亦工说："就是个屁，苏岩，我可不想找个势利眼啊！"

黄亦工这么说，苏岩反而放心了。他介绍杜娟只是想找个话题和黄亦工套套近乎。他不是真心介绍。

都被自己给睡了，真要是给介绍成了，那自己的罪过可大了。

好在黄亦工压根儿也没往下问，直接岔开了话题，"你找我是想查孙俊吧？"

苏岩说："是。"

黄亦工说："既然想查那就查呗，你找我来干吗？"

苏岩说："孙俊的企业在您的辖区，查孙俊我必须要得到您的支持啊！"

黄亦工说："你想怎么查？"

苏岩说："我想要往死里查。"

黄亦工说："往死里查？"

苏岩说："是的。"

黄亦工说："是你自己想查，还是你们局长想查啊？"

苏岩说："都想。"

黄亦工拿起电话，打了陈凯鸣的手机："陈局嘛，我是黄亦工，苏岩在我这儿呢，您现在方便吗……好！"

放下电话，黄亦工问苏岩："你开车了吗？"

苏岩说："开了。"

– 17 –

苏岩拉着黄亦工来到了公安局，一直把他送到了陈凯鸣的办公室。

陈凯鸣十分客气，黄亦工也十分客气。

两个人客气地说着市里、区里的各种人和事儿。

苏岩为黄亦工倒了一杯茶，准备离开时，陈凯鸣对苏岩说:“你也坐下，陪陪黄区长。”

苏岩坐在椅子里，掏出了小本，准备记录。

黄亦工对苏岩说:“就是随便聊聊，不用记了。”

苏岩急忙收起了小本。

黄亦工对陈凯鸣开门见山:“局里准备要查孙俊是吗？”

陈凯鸣说:“是。”

黄亦工说:“现在必须查吗？”

陈凯鸣说:“必须查。”

黄亦工说:“他的问题很严重吗？”

陈凯鸣说:“很严重。但可能不是最严重的，只不过孙俊的影响是最大的，查了他，对区里对市里的经济犯罪抬头的势头，会起到一定的遏制作用。”

黄亦工说:“既然这样，那我就表个态，坚决支持，坚决配合。”

– 18 –

苏岩不太愿意听领导之间讲话，因为他们讲的话有时真假难辨。

黄亦工走了之后，苏岩问陈凯鸣："黄区长是真心的吗？"

陈凯鸣说："应该是真心。"

苏岩又强调："他能不能是假装的？"

陈凯鸣又说："估计不能。他亲自到我这儿来说这番话，说明他应该找过市里的领导。"

市里的领导应该就是市委书记王学峰。

苏岩很高兴："这么说，市里领导也是支持我们的。"

陈凯鸣说："如果有确凿的证据，市里领导当然会支持我们了。"

苏岩不吱声了。

陈凯鸣这是话里有话。上次查孙俊，市里领导也是支持，但最后却不了了之。

陈凯鸣说："这次查孙俊，你要多向黄亦工请示汇报。"

苏岩说："为什么？"

陈凯鸣说："将来他有可能会到咱们局里主持工作。"

过去已经有过不少这样的传言，这次局长陈凯鸣都亲自说出来，看起来，传言要成为现实了。

苏岩感到十分压抑。

陈凯鸣说："这是好事儿！黄亦工过去对孙俊好，是因为孙俊是区里的纳税大户。但如果黄亦工真的想要到公安局来主持工作，那他现在就应该全力以赴支持我们调查孙俊！"

是啊！

屁股决定脑袋。

既然位置发生了变化，黄亦工想要出成绩，就得把孙俊交出来才是。

－19－

苏岩走出陈凯鸣办公室没多久，就接到了黄亦工的电话：“你来一趟？”

苏岩说：“好。”

来到了黄亦工的办公室，苏岩有些惊讶。

黄亦工竟然拿出了十来封检举揭发孙俊违法犯罪的举报信。

黄亦工说：“这是我过去收到的！”

苏岩翻看着。

举报的内容，苏岩大都掌握，虽然价值不大，苏岩还是十分高兴：“黄区长，感谢您支持我们的工作。”

黄亦工这次不像之前那么客气了：“苏岩，你与孙俊之间有个人恩怨吗？”

苏岩说：“没有。”

黄亦工说：“一点儿都没有吗？”

苏岩说：“一点儿都没有。”

黄亦工说：“一点儿都没有，那你为什么要盯住他不放？”

苏岩说：“我没盯住他不放，是他自己送上门的。”

苏岩说了孙俊指使化工厂走私的事儿。

黄亦工说："这件事儿，孙俊会亲自向你解释的。"

苏岩说："什么意思？"

黄亦工说："孙俊现在很怕你，明天晚上他要请你吃饭。"

苏岩说："我不去。"

黄亦工说："你去吧，就算给我个面子。为了配合你查孙俊，我现在还得继续去帮孙俊！"

苏岩被黄亦工说糊涂了。

黄亦工解释说："孙俊要是知道我不帮他了，他肯定还会找别人帮。他的关系很多，如果他找到了硬实人，你去查他，会遇到阻力……"

苏岩说："你是要假装帮他？"

黄亦工说："是的。只有让他继续相信我，他才能依靠我，这样我才能帮你获取更多的信息。"

– 20 –

第二天下了班，苏岩开车拉着叶建林来到了帝豪洗浴中心。这个中心不仅能洗澡桑拿，也能喝酒吃饭。

黄亦工约的时间是晚上六点。苏岩看早来了几分钟，就和叶建林在车里闲聊。

叶建林说："来了就先进去呗！"

苏岩说："先进去，显得咱们没身份。"

叶建林说："那咱们就晚一会儿来多好！"

苏岩说："晚来也不好，那显得咱们太能装了。"

六点准时，苏岩和叶建林才进到了饭店里。

林河不大，好的饭店总是客流不断。苏岩、叶建林在林河都算个人物，这种饭店也都常来。

两个迎宾员一个叫王红一个叫楚慧玲，她们和苏岩、叶建林都认识。

苏岩进来还没报房间号，楚慧玲就说："苏哥，是孙总安排的对吧？来，这边请。"

迎宾员不仅身材好，长相也都得百里挑一。

往电梯走的时候，楚慧玲挨着苏岩，王红挨着叶建林。

王红说："哥，最近怎么没看见你来呢？"

叶建林说："这里太贵，吃不起啊。"

王红说："哥，你真能开玩笑。哎，小心……"

上台阶时，王红挽住了叶建林的胳膊。

楚慧玲没挽苏岩，只是用身体不停地触碰着。

上电梯，人有点儿多。楚慧玲和王红几乎贴在了苏岩和叶建林的身上。

雅间是"在水一方"。

苏岩和叶建林来过帝豪多次，但这个雅间还是头一次。

雅间里豪华无比，有沙发、电视和洗手间。洗手间也大得惊人，能洗能泡能桑拿。

苏岩尿尿时还琢磨，哪天领杜娟来吃一回。

房间里有两个桌子，一大一小。

大的是 30 人台，小的是 6 人台。

苏岩问楚慧玲：“这个房间最低消费是多少？”

楚慧玲说：“这个房间不对外，都是孙总请客时才用。”

叶建林问王红：“已经六点多了，你们孙总怎么还没到呢？”

王红说：“哥别急，孙总马上到。”

两个美女又是倒茶又是拿着热毛巾，殷勤地伺候着。

苏岩对楚慧玲说：“你们回大堂吧，不用在这儿陪我们了。”

楚慧玲说：“不急。”

六点半了，孙俊和黄亦工才走了进来。

孙俊先道歉：“对不起啊，二位，我迟到了。”

黄亦工说：“他去接我了。”

他们进来的同时，又有两个美女跟着进来。她们分别为孙俊和黄亦工倒茶和递热毛巾。

依次坐下以后，黄亦工对孙俊小声说：“让她们都出去吧！”

孙俊摆了摆手，美女们齐声说：“祝各位领导晚安。”

孙俊今天请客，名义上是感谢经侦放了石群，但这个话题，不好深说。说深了，就会扯到了化工厂走私上。

所以，孙俊祝酒时含糊地说，其他人也都跟着含糊地听。

好在大家过去都熟，不谈这个，谈别的同样能说不完。

孙俊挨着苏岩，黄亦工挨着叶建林。

黄亦工和叶建林谈得热烈，孙俊和苏岩谈得亲切。

孙俊说：“苏警官，一直想请你啊，今天，你能赏脸，实在是高兴！”

苏岩说：“孙总，您客气啊！”

两个人礼貌地敬了两杯酒。

孙俊说:“知道你不喝酒，你意思意思就行。”

苏岩说:“我意思是分人的，今天，黄区长出面，我不能意思。”

白酒、红酒、啤酒应有尽有。往常都得挨着排喝，今天因为有正经事儿，大家喝了不到一瓶白酒，也就感觉差不多了。

杯中酒喝完，黄亦工主动说:“孙总，领我们去唱会儿歌吧！”

– 21 –

帝豪是全方位的洗浴娱乐中心。KTV 有单独的区域。

同样又是最好的包房。

大家刚进来坐下不久，何胜就领着一堆美女走了进来。

婷婷竟然也在其中。

苏岩怕尴尬，只好假装打着手机。好在没等何胜开口，黄亦工就摆了摆手。

美女们行礼后又都走了出去。

黄亦工来这里，真的想唱歌。

苏岩是第一次听黄亦工唱歌。

虽然都是军歌、老歌，但歌声嘹亮，唱到动情处也还算婉转。

苏岩和孙俊一个没唱。只有叶建林一个接一个地陪着黄亦工唱。

叶建林唱得一般，却恰好衬托出黄亦工唱得不一般。

唱歌免不了喝酒。

吃饭的时候，喝的是茅台。酒多少钱都知道。唱歌喝的是洋酒，多少钱真不知道。

叶建林对苏岩说：“这酒老贵了。”

酒老贵了，苏岩也只喝了一小杯。他不停地往杯子里放着冰块，他手里的这杯酒始终也没换过。

孙俊看在眼里没点破。虽然他没少喝，但像没喝一样。

苏岩说：“你喝酒可真厉害。”

孙俊说：“厉害什么呀！我这是因为黄区长和你来，平时我不喝。”

苏岩说：“那我多谢，你把我和黄区长弄成一个级别了。”

孙俊趴在苏岩的耳边，说：“你比他级别高。”

苏岩也趴在孙俊的耳边，说：“孙总，你太能抬举我了。”

孙俊说：“一点儿都没抬举。苏警官，我说实话啊，黄亦工我只是尊敬，而你呢，我是真害怕。”

苏岩说：“我你害怕什么呀？”

孙俊没接这个茬儿，他看了看正在唱歌的黄亦工和叶建林，对苏岩小声说：“咱俩去洗个澡吧！”

– 22 –

洗澡的地方离 KTV 不远。

孙俊和苏岩走进来时，服务生只是礼貌地拿着拖鞋和钥匙，一句热情的话都没有。

苏岩有些奇怪：“他们不认识你吗？”

孙俊说：“能不认识嘛。但我要求他们就像不认识我一样。”

苏岩说：“为什么？”

孙俊说：“这样，我能感到舒服一些。苏警官，我不喜欢别人把我当祖宗供着。”

孙俊真像他说的一样。虽然他是这里的祖宗，但他一点儿没有祖宗的架子。

他用着普通的箱子，穿着普通的拖鞋，进了浴室，也没去总统套。

他和苏岩完全一样，先是到淋浴间洗头，接着就到大池里，一边泡澡一边喝茶。

喝茶的壶也是普通的那种，但茶应该不普通。

茶是何胜亲自送来的。送完茶沏上，他为苏岩和孙俊倒满杯，就远远地站在了角落里。

苏岩喝了一口：“好茶。”

孙俊说：“你真识货。”

苏岩不识货，是估计出来的。

孙俊说：“我还剩几两，一会儿走的时候，你带上。”

苏岩说：“谢谢。”

孙俊这么有钱只送几两，这茶估计便宜不了。

孙俊说：“你平时喜欢喝茶？”

苏岩说：“还行。”他岔开话题，“刚才唱歌时，你说你怕我，是怎么回事儿？”

孙俊说：“还记得夏长文吗？”

苏岩说：“记得呀。”

夏长文因抢劫被枪毙是苏岩办的案。

孙俊说:“夏长文过去和我有点儿小交情。他死之前，我去看他。他说，他是死在你的手里。”

苏岩说:“他是死在法律的手里。”

孙俊笑了。

根据当时掌握的证据，夏长文确实死不了，但苏岩有了新的证据，他才最终被判死刑。

孙俊说:“你把夏长文给收拾了，是吗？”

苏岩说:“没有。”

孙俊说:“如果没有，夏长文百分之百不会彻底交代的。”

苏岩又岔开话题，“这些年，你没被警察收拾过，是吗？”

孙俊说:“是。”

苏岩说:“那这方面，你少上一堂课呀！”

孙俊说:“这一堂课，我可不想上。”

–23–

泡完澡，孙俊领着苏岩来到了自己五楼的办公室。

办公室不大，陈设也很简单。

孙俊让苏岩坐在沙发上，何胜进来为他们泡了茶，并把一个包装简陋的茶叶盒放在了苏岩的面前。

苏岩拿起看着，“这茶得多少钱啊？”

孙俊说:“茶不值钱。只不过市面上买不着，这是朋友从台湾带来的。”

苏岩说：“是啊？”

何胜倒完了茶，走出了办公室。

孙俊喝着茶，心平气和地问苏岩：“干吗要查我呀？”

苏岩说：“干吗要查你，你不清楚吗？”

孙俊说：“是因为化工厂走私吗？”

苏岩说：“是呀！”

孙俊给了自己一个耳光。

苏岩说：“你这是干吗呀？”

孙俊说：“我这是搬起石头砸了自己的脚！当时，我见你在洗浴中心打了小姐，就以为你要查我呢！”

苏岩说：“就算我要查你，那你让化工厂走私，是什么目的呢？”

孙俊说：“化工厂走私了那么多的贵金属，你们都没处理，我要是出事儿了，你们不也没办法处理了吗？”

苏岩说：“你想得可真全面。”

孙俊说：“不全面不行啊，我是真怕你呀！”

苏岩说：“嘴上说怕我没有用。孙总啊，由于你让化工厂走私，即便我不想查你，现在做样子，我也得查你了，这你能理解吗？”

孙俊说：“理解理解，黄区长已经和我解释了。这样老弟，咱们也不兜圈子了，你说吧，你想怎么查我？”

苏岩说：“我们经侦现在的状况，你大概也清楚，我们每年是有任务的。孙总，你拿点儿钱如何？”

孙俊说：“没问题，你要多少？”

苏岩说：“一千万。”

– 24 –

苏岩离开帝豪时，给婷婷打电话。

婷婷没接。过了两分钟，婷婷打了过来。

婷婷说："刚下班，我在换衣服。"

苏岩说："那我在门口等你呀。"

婷婷说："不用等，你告诉我地方就行。"

苏岩说："你想多了，我就在门口等你！"

婷婷出来后，苏岩故意把车开到了婷婷的跟前。

婷婷上了车，"你不怕他们看见？"

苏岩说："我就是想让他们看见。"

婷婷把肩膀微微靠了过来。

苏岩说："唱歌的时候，何胜怎么把你叫去了？"

婷婷说："何胜是故意的。他认为，我们已经那样了。"

苏岩说："何胜为什么要这样认为呢？"

婷婷说："因为是我告诉他的。"

苏岩看了婷婷一眼，没吱声。

婷婷说："对不起，我要是不这样说，他就没完没了地打我。"

苏岩说："可问题是，你这样说了，何胜信吗？"

婷婷说："暂时信了。"

苏岩把车停在路边的一个角落里，他打开车里的灯，脱了外裤，只穿着裤衩。

婷婷说："你可真白。"

苏岩说：“你记住啊，我屁股这儿有个痞子……哎哎哎，别摸，你看看就行了！”

– 25 –

苏岩开车来到了婷婷住的地方，他盯着小区的门，好一会儿没说话。

婷婷说：“那就上去坐会儿吧！”

苏岩说：“这个房子是你买的？”

婷婷说：“不是，是租的。”

苏岩说：“你怎么在这儿租呢？”

婷婷说：“这儿挺安静的。”婷婷想到了什么，“她也住在这儿？”

苏岩岔开了话题，“你说何胜我用不用替你骂他一顿？”

婷婷说：“骂就别骂了，狠狠地揍他一顿吧！”

苏岩说：“你想让我怎么揍？”

婷婷说：“狠狠地扇他。”

婷婷这么说大概是话里有话，过去苏岩就狠狠地扇过她。

苏岩转身看着婷婷没说话。

婷婷却把身体紧紧地贴了过来，“进去待会儿吧，不能那么巧碰到她的。”

苏岩摸了摸婷婷的脸，“回去早点儿睡吧，我现在就去狠狠扇何胜。”

婷婷下车前问苏岩：“哥，你为什么要这么帮我？”

苏岩说：“因为过几天我可能也想让你帮帮我！”

– 26 –

为了帮婷婷，苏岩又回帝豪去找何胜。但他没有狠狠地扇何胜，只是狠狠地骂了何胜。尽管只是狠狠地骂，何胜也抱着头捂着脸。

苏岩说：“你把手放下，我不打你，来，把茶给我冲上。”

何胜冲完茶，苏岩也就假装心平气和了。

既然帮婷婷骂了何胜，何胜更得认为苏岩和婷婷已经那样了。所以，这时就没必要再承认什么。

苏岩说：“你干吗要逼婷婷和我睡觉啊？”

何胜说：“我没逼她，这个婷婷可喜欢你了。”

苏岩说：“这我看出来了。”

何胜说：“很奇怪，上次你都快把她打晕了，她竟然还喜欢你！”

苏岩说：“这个女人就是贱，她可能就是欠打。”

– 27 –

一千万现在也不是小数，在当时的林河，那可是很大很大的数。苏岩认为，说出一千万，孙俊百分之百会拒绝，但孙俊只是皱了下眉头，很快就说：“好吧，这一千万回去我商量商量，明天上午给你答复。”

苏岩说：“我以为会把孙俊的鼻子气歪，结果他把我鼻子气歪了。”

盗亦有道，各行各业都得讲规矩。

苏岩感到为难了。

叶建林安慰苏岩："一千万也是成绩啊！我们今年什么都不干也行了。"

两个人正说着，黄亦工给苏岩打来了电话。

黄亦工说："孙总在我这儿呢，他说你要一千万，是吗？"

苏岩说："是呀！"

黄亦工说："你是不是有点儿过分了？"

苏岩说："我过什么分了？"

黄亦工说："要一千万，你们陈局知道吗？"

苏岩说："不知道。"

黄亦工说："用不用我给你们陈局打个电话？"

苏岩说："没必要打吧，你不都已经给我打了吗？"

黄亦工说："我给你打好使吗？"

苏岩说："好使。"

黄亦工的态度温和起来，"一千万实在太多了，孙总他现在没有，你看缓一缓先交一半怎么样？"

苏岩拿着电话，故意犹豫了好一会儿，才说："行，黄区长，那就先交一半。"

苏岩合上电话，手心里都冒出了汗。

叶建林说："我怎么感觉黄亦工这是在帮你啊！"

苏岩说："他就是在帮我啊！"

– 28 –

黄亦工说:“孙俊答应你了一千万，连我都没想到。”

苏岩放下电话不久，就来到了黄亦工办公室。

黄亦工指着沙发，“刚才，孙俊就是坐在这儿答应的！”

苏岩说:“既然他答应了，那你干吗还阻止他？”

黄亦工笑了，“不阻止他，你还怎么好意思往下查他？”

苏岩说:“谢谢你啊，黄区长。”

黄亦工递给了苏岩一支烟，苏岩先为黄亦工点燃了。

黄亦工说:“怪不得你要往死查他，他确实该查呀。你要一千万，他都没怎么犹豫就答应了，苏岩，你说这家伙得赚了多少亏心钱啊！”

苏岩说:“估计不得有几个亿啊！”

黄亦工说:“几个亿我认为都不止啊！”

苏岩说:“那你制止孙俊，他对你没怀疑吗？”

黄亦工说:“我这是在帮他，他不会怀疑我。我和他的关系就像你和叶建林，你说，你要是骗叶建林，叶建林能不上当吗？同样，孙俊也一定想不到，我会骗他！”

这句话黄亦工是充满内疚地说的。

苏岩说:“黄区长，我会为你保密的。”

黄亦工说:“这个密是保不住的！苏岩，我现在不能把友谊放在第一位了，孙俊的问题这么严重，如果我不帮你，将来我都可能会受到他牵连的。”

黄亦工和孙俊的关系这么好，他们之间一定会有各种利益交往。

查孙俊有可能会带出黄亦工。但既然黄亦工这么帮自己，苏岩也只能郑重地表态去帮黄亦工。

苏岩说："黄区长，我是经侦大队的警察，我针对的只是孙俊的经济犯罪，其他的，我不感兴趣。"

黄亦工拍了拍苏岩的肩膀，"你是个人才，将来如果有一天，我有幸到公安局工作，我一定会重用你。"

– 29 –

下午，阎刚和殷淑艳一起来到了经侦大队。

阎刚给苏岩介绍："这是我们单位小殷。"

苏岩说："你好。"

阎刚说："是孙总让我们来，说是有个 500 万，是吗？"

苏岩说："500 万是暂时的，过些日子，你们得再拿 500 万。"

阎刚有点儿蒙："苏哥，你看这样好不好，剩下的那 500 万，你去和孙总谈，现在我们先谈说好的这 500 万，可以吗？"

苏岩没马上答应："这样，你们在我这儿坐一会儿，我向叶大队请示一下。"

苏岩来到了叶建林的办公室，先锁上了门。

叶建林说："干吗呀？"

苏岩拿出了象棋。

叶建林说："他们都在那儿等着呢！"

苏岩说："就是让他们在那儿等嘛，咱俩来一盘。"

下棋的时候，叶建林不停地催促着："行了，行了，你赶紧过去吧，孙俊别再答应真的给咱们一千万。”

苏岩说：“他就是真给一千万，我也照样往死查他！”

– 30 –

下完棋回到办公室，苏岩的脸色有些不好看。

阎刚再说话时，就变得小心翼翼。

苏岩说：“这 500 万，你们打算怎么交？”

阎刚说：“直接打给你们公安局吧。”

苏岩说：“以什么名义呢？”

阎刚说：“你们不是在盖办公楼嘛，我们以赞助的名义行不行？”

苏岩说：“百分之百不行。”

阎刚说：“为什么？”

苏岩说：“那不等于我们在敲诈你们吗？你们这个钱，我们不能以这个名义收。”

阎刚说：“那你想怎么收，直说吧！”

苏岩说：“你们这个钱呢，一定是违法得到的，我们公安局才能合法地收！”

这是在下套，如果真这样，这钱就是赃款，500 万就是证据。

这时，殷淑艳把一张纸递给了苏岩。

纸上是各种数字。

苏岩说：“这是什么呀？”

殷淑艳指着各个数字，解释着，“这个是洗浴中心去年缴的税，这个是餐饮上半年缴的税，这个是 KTV……”

苏岩说：“你不用和我说这么细。”

殷淑艳直接指着最后一个数字，“由于我们工作疏忽，这两年，我们漏报了税款，这是具体金额。”

金额是一长串数字。

苏岩说：“你都算好了？”

殷淑艳说：“算好了！一共是 500 万多一点儿，请你核对一下！”

苏岩说：“我不用核对了，你们把钱和账都交给税务局，让他们去核对吧！”

显然，他们是有备而来。

漏税主动补缴即便是现在也不追究刑事责任。在当时的林河，企业如果主动补税，连罚款都可以免。

– 31 –

无论如何，苏岩一下子为国家挽回了 500 多万，这是不小的成绩！

苏岩、叶建林都很高兴，他们客客气气地把阎刚和殷淑艳一直送到了电梯前。

阎刚说：“回去吧，回去吧，你们都那么忙！”

苏岩说：“不忙，哎，回去替我好好谢谢孙总。”

阎刚说：“一定一定。”

叶建林说："告诉孙总，这两天，我请他喝酒。"

阎刚说："孙总告诉我，随时欢迎你们来做客。如果你们不忙的话，今晚六点，还在老地方请你们喝酒。"

苏岩、叶建林几乎同时说："好的，好的，我们一定准时去。"

把他们送进电梯，门关上之后，苏岩问叶建林："你说孙俊会不会真的相信，今晚我们还和他一起喝酒？"

叶建林说："换成我是孙俊，我百分之百相信。"

– 32 –

西山派出所离市区很远。上次苏岩来还是半年前。这次，苏岩开车离派出所老远，就看到高军站在路边。

苏岩把车停下，"你在这儿干鸡巴毛呢？"

高军说："我等你呢呗！"

高军上了苏岩的车，马上嘱咐："到了派出所千万别说鸡巴毛啊！"

高军过去是苏岩的手下，现在是派出所的所长。

苏岩说："你现在牛逼了呗！"

高军说："我不牛逼，哎，到了派出所也最好别说逼逼的！"

派出所天天接触人民群众，一言一行要格外注意。

苏岩说："半年没来，你在派出所感觉如何啊！"

高军说："没意思透了。"

高军开始诉苦。当时派出所不像现在，需要什么上面直接拨什么款，用车用油包括干警中午吃饭都得所长自己解决。

高军说："过去跟着你，我什么都不用操心，现在可倒好，吃了上顿没下顿。"

苏岩说："罚款啊！"

高军说："这里都是厂区，你罚谁？前天好不容易抓个嫖娼的，他妈的，罚他 500 块钱都没有。"

苏岩说："那他嫖娼花了多少钱啊？"

高军说："他花了 50。"

苏岩说："你这儿够便宜的。"

高军说："老弟，你帮我想想办法呗！派出所现在漏雨了，我得赶紧想办法修上。"

苏岩说："修上的话，得花多少钱哪？"

高军说："4000 就够。"

苏岩说："我给 5000 行吗？"

高军说："那我现在给你跪下。"

苏岩说："跪下用不着，你帮我个小忙就行。"

苏岩开着车没回派出所，直接把高军拉进一片住宅小区里。

高军说："到这儿干吗？"

苏岩掏出了一张纸，按照纸上的地图，找到了一个三层小楼。

苏岩指着楼，"这也归你们管吗？"

高军看了看楼，"你什么意思？"

苏岩说："这里有赌博的你知道吗？"

高军说："知道啊！"

苏岩说:“那你抓过吗？”

高军说:“不能抓。”他指着小楼,“看见那个牌子了吗？那是区里挂的。”

苏岩说:“那表示什么意思？”

高军说:“那表示我们派出所不能随便进去，这里是合资企业……”

苏岩说:“鸡巴毛合资企业，一个外国人都没有！高所长，这是孙俊赌博的点儿，今天下午，你帮我把它端了！”

高军不同意。

苏岩晓之以理，动之以情，高军还是不同意。

苏岩说:“你帮我抓了他，我给你一万！”

高军说:“一万你给别人吧！”

苏岩说:“你对我这个态度是吗？你还不如刑警队的赵民呢！”

高军说:“那你让赵民来抓呗，我配合做掩护。”

苏岩瞪起了眼睛,“你他妈的今天是怎么回事儿！赵民，我都求过他一次了。”

尽管高军对苏岩打怵，但抓孙俊他更打怵。

高军说:“你也是警察，你直接抓呗。”

苏岩说:“我是经侦警察，直接去抓赌，太明显了。高军，实话说吧，这次是局里的秘密行动。”

高军说:“陈局知道吗？”

苏岩说:“知道。”

高军看着苏岩的眼睛。

苏岩看着高军的眼睛。

高军说:“你要是骗我……”

苏岩说:“那我就是王八蛋！”

第四章
CHAPTER 4 〉

-1-

苏岩从柜子里拿出了警服。他的警服很新。一线警察平时除了开会，基本不穿警服。每个人的警服差不多都跟新的一样。

苏岩穿上警服站在镜子前。

镜子里的苏岩既帅气又威严。

苏岩正欣赏着自己时，杜娟打来了电话。

杜娟说：“干吗呢？”

苏岩说：“我在穿警服呢！”

杜娟说：“太巧了，我也在穿警服呢！”

苏岩很惊讶：“那现在你就算是正式的警察了？”

杜娟说：“对呀！”

苏岩说：“什么时候啊？是今天吗？”

杜娟说：“不是，警服昨天就发了，但我穿上觉得有点儿肥，我就拿到市里改了改。”

当时的警服不像现在都是“量身定做”，加上管得不严，那时的警服发下来，不少警花都偷偷改。

苏岩说：“那你现在到我办公室来一趟呀！”

杜娟说：“干吗？”

苏岩说：“我想看看你穿警服的样子。”

杜娟没接茬儿，却说：“我充电器落家了。你拉我回家取一趟，行吗？”

苏岩说：“行啊！”

– 2 –

苏岩走出了办公楼，看见杜娟已经站在了自己的轿车旁。

穿着警服的苏岩来到了穿着警服的杜娟跟前，两个人显得彬彬有礼。

杜娟说：“苏哥，耽误你中午休息了。”

苏岩说：“没有没有，我中午不休息。”

现在是中午，院子里看不到其他人，即便他们说得很暧昧，其实也没人听到。

苏岩开车离开了公安局，驶入了街道上。车的玻璃上贴着膜。阳光照在上面，里面能看到外面，外面看不到里面。

车里虽然是两个人的世界，但两个穿着警服的警察，仍然对自己严格要求。

杜娟没把头靠在苏岩的肩上，苏岩没把手放在杜娟的腿上。

苏岩说：“以前开车拉着你，感觉我们俩像特务。”

杜娟说：“那现在呢？”

苏岩说：“现在更像特务。”

－3－

以前去杜娟的家，杜娟在前面走，苏岩在后面跟着。这次他们都大大方方地一起穿行在小区里。遇到熟人，杜娟还主动打招呼。

到了杜娟的家里，两个人坐在沙发上了，说话还像在外面似的。

杜娟说：“你的帽子现在能摘了吗，你不热吗？”

苏岩说：“是有点儿热。”

苏岩摘下了帽子，杜娟要往下脱衣服。

苏岩说：“你也热了？”

杜娟说：“我不热，我怕把衣服压出褶。”

苏岩说：“那我把警服也脱了吧，我也怕压出褶。”

两个人脱警服时，都是背对着。脱下的警服没有扔在沙发上，更没有扔在地上，而是都规整地挂在墙上。

－4－

终于成了正式的警察，杜娟心中感慨万千。

杜娟说：“我不像你，你是警校毕业的，你当警察很自然。你不知道，我当这个警察，费老大劲儿了，我没文凭，我还不懂警察的业务……”

苏岩说：“你们都是警花……”

杜娟说：“我不想当警花，我想像你一样去当警察。”

苏岩说：“你的意思是说，像我似的去抓人呗！”

杜娟说：“对呀！”

苏岩说：“那下午，你和我去抓个人啊？”

杜娟兴奋了：“抓谁呀？”

苏岩说：“抓个会计。”

– 5 –

上次抓魏治国，苏岩只是带着杜娟一个人。这次带的人可不少。

苏岩开车拉着杜娟去帝豪的路上，就不停地打着电话：

“我马上到了，你不用等我，你直接过去……”

“何胜要跑，你把他摁住……”

“阎刚不用你负责，你守住门就行……”

苏岩打电话布置任务时，杜娟坐在旁边静静地看着。

打完电话，苏岩说：“干吗这么看着我？”

杜娟说：“这次你带枪了吧？”

苏岩说：“带了呀！这次我带了两支枪。”

杜娟打了下苏岩，“我们现在去抓人，你不要这么下流。”

苏岩说：“我没下流啊！我真的带了两支枪。”

苏岩打开了包，里面真的有两支枪。

杜娟说：“给我一支。”

苏岩说：“这枪不能给你，这是我们大队长叶建林的。”

– 6 –

叶建林到了经侦之后，由于总喝酒，他的枪基本上都锁在保险箱里。

枪在警察的手里既是武器也是祸根。不用说走火伤人之类，仅仅喝多了，弄丢了枪，那都要动用全局民警去找。

即便找到了，丢枪的民警最低也得开除。

警察丢了枪，等于是丢了饭碗。

苏岩从包里掏出枪，递给叶建林。

叶建林嘁里咔嚓顶上了子弹。

苏岩说：“你干吗呀？”

叶建林说：“一会儿，我放两枪。”

苏岩说：“你疯了，又不是抓杀人犯。”

叶建林说：“这帮保安比杀人犯还凶，必须得把他们镇住。”

苏岩说：“这些保安都是花钱雇来的，没人会拼命的，大哥，千万不能放枪，这是公共场所，要是跳弹伤了人，那就麻烦了。”

叶建林笑了，“哎呀，我知道，我不放枪，我就是说说。”

来了这么多警察，只为抓一个人。那就是殷淑艳。

殷淑艳一天时间能找出漏了500多万的税。显然，这些税她都了如指掌。

这么多的税到底是疏忽漏的还是故意偷的，警察心里很清楚。

苏岩估计，把殷淑艳带到公安局，用不了一天，她就能很快交代。

殷淑艳交代了，就有了证据。

有了证据，把孙俊抓起来，也就合理合法了。

当然了，正常办案应该是先找殷淑艳查账，查出问题才能抓人。

但查账很难查明白。当时，为了招商引资，市里给了很多优惠政策。

利用这些政策在税上找些漏洞，很容易。

怕陷入无休止的纠缠，苏岩想来想去觉得还是先把人抓起来！

如何抓人是个难题。

孙俊涉嫌的不是那种杀人抢劫之类，直接抓他很难。可不把他先抓起来，仅仅抓殷淑艳之流，是不起作用的。

擒贼需要先擒王！

– 7 –

苏岩有很多线人。线人干什么的都有。这些人的身上都有问题都有毛病，为了立功，他们要给警察提供各种线索。

孙俊在那个三层小楼赌博的线索，是线人提供的。就连殷淑艳在几楼办公，也是线人告诉苏岩的。

高军给苏岩打电话："我把那个小三楼给端了。四个玩的，两个看的，一共六个人都带到派出所了。”

苏岩说：“这六个人当中有没有孙俊？”

高军说：“当然有了。”

苏岩说：“他态度怎么样？”

高军说：“不好，他要打电话。”

苏岩说：“让他打。”

高军说：“让他打，别人就会知道他被抓了。”

苏岩说：“我要的就是这个效果。”

–8–

这个效果很明显。

老板被抓了，打工的谁还跟着扯这个！

警察们走进帝豪时，何胜之流面都没露。

门前、走廊里的保安们开始还靠前问问，见叶建林拿着枪，一个个全都吓得不知所措。

苏岩和杜娟走在最前面，他们俩穿着警服十分显眼。他们的身后，不光跟着便衣警察，还有税务局专门搞稽查的。

这个阵势很大。

杜娟是第一次这么正规抓人，多少有些紧张，她问苏岩：“他们不能反抗吧！”

苏岩说：“不能。”

杜娟说："那万一反抗怎么办？"

苏岩说："那你就跑。"

杜娟说："我往哪儿跑？"

苏岩说："你往我怀里跑。"

两个人走得很近，说话的声音很小，别人听不到他们说的是这种话。

苏岩来到了三楼财务室，一脚把门踢开。

殷淑艳在屋子里吓得把水杯都扔到了地上。

杜娟向殷淑艳出示了传唤证。

殷淑艳说："干……吗？"

杜娟说："抓你！"

杜娟的声音很大。

殷淑艳说："抓……我干吗？"

杜娟说："少废话，签字。"

杜娟把笔用力摔在了殷淑艳的面前。

殷淑艳拿起笔签下了自己的名字，都没细看。

当然了，现在，她也看不过来。

税务局的进来后，一顿翻箱倒柜，各种账本搜出了一堆。

殷淑艳说："这些也要拿走啊？"

杜娟说："你把嘴闭上。"

– 9 –

拿着账本，押着殷淑艳往外走的时候，连看热闹的都没有。

杜娟感到很奇怪：“他们的人呢？”

苏岩说：“都藏起来了呗。”

杜娟说：“藏起来干吗，他们怎么不出来救呢？”

苏岩说：“谁敢来救啊，救不好再自己搭进去！”

现在的杜娟比来的时候轻松不少。她的脸上除了威严还多了自豪。

杜娟说：“今天，我们来了这么多人，就抓这么一个女的呀，再抓几个男的不行吗？”

苏岩说：“男的留着下次再抓。”

杜娟说：“那下次，你还带我来吗？”

苏岩说：“必须的。”

– 10 –

回局里，苏岩让杜娟坐的是警车。

杜娟问苏岩：“为什么不坐你的车？”

苏岩说：“我不回局里，我得马上去趟派出所。”

杜娟说：“你去派出所干吗？”

苏岩说：“有个着急的事儿！”

这个事儿确实很着急。高军已经连着给苏岩打了好几个电话。

苏岩赶到派出所时，差点儿没进去。派出所的周围全是人，里三层外三层，几乎都是大叔大妈!

里面的人出不来，外面的人进不去。

苏岩在车里脱了警服，换了便服，假装成人民群众才算混进了派出所里。

派出所的走廊里黑压压的一片，依然是大叔大妈。

苏岩费了九牛二虎之力才挤进了高军的办公室里。

苏岩说:“这帮老 × 养的都是哪儿来的？”

高军说:“这帮老 × 养的哪儿来的都有！”

苏岩还想骂，高军使了个眼色。

苏岩这才看到化工厂的厂长张子龙坐在角落里。

苏岩来到了张子龙的跟前，指着他的鼻子，继续骂:“原来是你。”

张子龙看苏岩红了眼，也没说别的:“不是我。这和我没关系。你们抓的两个人是我们厂下岗的，来的是他们的爸爸和妈妈。”

苏岩转身问高军:“怎么把下岗的抓来了？”

高军说:“他们当时在旁边看……”

苏岩说:“看也不犯法，赶紧把他们俩放了。”

高军说:“回来我就放了。”

苏岩转身又看着张子龙，“人都放了，你赶紧让人回去吧！”

张子龙说:“我让他们回去，他们得听我的才行啊！”

苏岩抓住了张子龙的脖子，“这些人就是你带来的对不对？”

高军抱住了苏岩，“老弟，你冷静点儿，来的不光是化工厂的，附近机械厂、造纸厂的也都来了。”

苏岩说："他们来干什么？"

高军说："他们来是声援的。"

苏岩说："声援谁呀？"

张子龙走过来，说："他们来是声援孙俊的！"

苏岩又抓住了张子龙的衣服，嗓音格外洪亮："声援孙俊？孙俊是开妓院的……"

张子龙抱住了自己的脑袋，"老弟啊，你跟我喊什么呀，有本事，你出去喊啊！"

苏岩不喊了，他真没这个本事。

有钱的、有权的、杀人的，就算拿枪的，苏岩都敢去喊，可是面对大叔大妈们，局长来了也不敢喊！

－11－

既然都来声援孙俊，苏岩只能找孙俊喊。

孙俊被关在派出所的审讯室里。开始还给他戴上了手铐，苏岩进来的时候，手铐没了，还有两个民警伺候他喝水抽烟。

苏岩把两个民警撵了出来，对孙俊说："妈了个逼的，是不是再给你找个小姐呀！"

孙俊抽烟的手哆嗦了，外面来了这么多人，苏岩仍然敢骂他，这样的主儿谁都怕。

孙俊说："老弟，干吗发这么大的火呀？"

苏岩说："少跟我装蒜。"

反正已经撕破脸，苏岩现在要尽可能占据主动："孙俊，有你这么干的吗？"

孙俊说："我怎么干了？"

苏岩说："说好拿一千万，你他妈的只拿了 500 万。"

孙俊说："拿 500 万不是找你商量的吗？"

苏岩说："你是找我商量的吗？你找的是黄亦工黄区长。"

孙俊说："其实……"

苏岩说："其实你妈了个逼！"

孙俊说："老弟，别骂人！现在，我和你商量行了吧？"

苏岩说："和我商量可以，那你现在赶紧让外面的人滚蛋！"

孙俊说："原来你是怕他们啊！"

苏岩说："我谁都不怕。"他用手指着，"孙俊，你听着……"

这时，孙俊忽然也用手指着，"我听你妈了个逼，苏岩，我孙俊不是被你吓大的。"

– 12 –

苏岩说："孙俊这个王八蛋，我想用枪毙了他。"

叶建林在电话里喊道："操，你吹什么牛逼呀！苏岩，你毙他试试？"

苏岩说："大哥，你干吗呀？"

叶建林的声音依然很大："你说我干吗，现在闹得局长、市长都已经知道了，难道你想让厅长、省长也知道吗？"

苏岩拿着手机不吱声了。

叶建林说："当务之急是赶紧让那些人离开派出所。"

这么多人，岁数又这么大，万一出现踩踏造成群死群伤，后果不堪设想。

苏岩说："大哥，殷淑艳现在怎么样？她交代了吗？"

叶建林说："交代什么呀，现在她抽过去了。"

为了尽快拿到偷税证据，只能让殷淑艳迅速交代。怕殷淑艳不老实不配合，才派了那么多的警察去抓她，这么做的目的只是想吓唬吓唬她。

结果吓唬大劲儿了，殷淑艳还没到公安局就上吐下泻。

叶建林说："多亏宣传科的那个警花了，要不然，车里这个臭呀！"

苏岩说："那殷淑艳还能马上交代吗？"

叶建林说："交代什么呀，她能马上不拉不吐就不错了。"

– 13 –

黄亦工也是用了九牛二虎之力才挤进了所长的办公室。所长办公室里没有所长高军，只有张子龙和苏岩。

黄亦工先和张子龙谈："能不能让你们化工厂的先回去？"

张子龙说："我争取。"

黄亦工说："争取你奶奶个腿儿！"

张子龙说："我一定让他们回去。"

黄亦工说："你赶紧滚。"

张子龙滚出办公室后，黄亦工对苏岩的态度有些缓和。

黄亦工说："现在的事态很严重，市里的一些厂矿，听说这里在闹事儿，已经有人开始组织了。"

苏岩说："那现在怎么办？"

黄亦工说："不太好办。根据你掌握的证据，能把孙俊押起来吗？"

苏岩说："现在有孙俊赌博的证据，可赌博不能只押孙俊一个人，如果押其他人……"

黄亦工说："孙俊的问题那么多，你干吗要找他赌博的证据？"

苏岩说："我想快……"

黄亦工说："再快你也不能这么草率呀！"

黄亦工的脸色非常难看。

苏岩说："我愿承担所有的责任。"

黄亦工火了："你一个副科级侦查员，你拿什么承担？"

苏岩不吱声了。

黄亦工压下火："现在外面的人越来越多，如果出现了群死群伤，市长、市委书记都负担不起这个责任。"

苏岩说："黄区长，那你看怎么办好？"

黄亦工说："现在，我们必须马上和孙俊谈。"

– 14 –

苏岩首先承认错误："孙总，实在是抱歉，我有点儿小心眼。"

孙俊坐在椅子上抽着烟，没吱声。

黄亦工问苏岩："为什么要向孙总要一千万？"

苏岩说："我们经侦有任务……"

黄亦工说："有任务就可以胡作非为，有任务就可以狮子大开口？"

苏岩也不吱声了。

黄亦工继续说："这一千万是你提出的还是叶建林提出的？"

苏岩说："是我提出的。"

黄亦工说："是你个人提出的吗？你背后有没有人支持你？"

苏岩看了看黄亦工。

即便是给孙俊演戏，这么演也有点儿过了。

黄亦工说："你看我干吗，我问你话呢。"

苏岩说："没有人支持我，是我想要一千万……"

黄亦工说："既然你想要一千万，那今天上午你在我办公室，你是怎么说的？"

苏岩低下了头。

黄亦工来到了苏岩的面前，"'一千万确实太多，黄区长那按你的意思，就500万吧'，这句话是不是你说的？"

苏岩说："是我说的。"

黄亦工说："既然是你说的，那你为什么还要阳奉阴违，出尔反尔？"

苏岩看着黄亦工。

黄亦工用手指着，“苏岩，你记住，如果有机会，我到公安局去工作，我第一个就要把你清除出公安队伍！”

– 15 –

两个人来到了走廊里，黄亦工却说：“我这么指着你，你心里难过吗？”

苏岩说：“不难过。”

黄亦工说：“怎么能不难过呢？你认为，好人都让我当了……”

苏岩说：“黄区长，我没这么认为。其实，现在我才知道为什么你要表面上和孙俊处好关系了，如果不是你，今天这个局面，真的是难以收场啊！”

黄亦工拍了拍苏岩的肩膀，“谢谢你能理解我！”

– 16 –

苏岩理解是理解，心里却不太舒服。

苏岩心里不舒服，孙俊心里大概也不舒服。

孙俊指着苏岩的鼻子骂苏岩时，他得到了很大的舒服，但这种舒服随着黄亦工训斥完苏岩，也很快烟消云散。

他骂苏岩他不是被苏岩吓大的。

难道苏岩是被他孙俊吓大的？

– 17 –

苏岩让高军放了孙俊，让叶建林放了殷淑艳。

孙俊则让人把数不清的大叔大妈都劝了回去，他还特意对高军说：“我赌博不对，我愿意接受任何处罚。”

高军也象征性地对孙俊罚了500块钱。

一场有可能造成巨大后果的群体事件，就这么稀里糊涂地终结了。

孙俊临上车前，主动找到了苏岩，“老弟，晚上六点，你还能来吃饭吗？”

苏岩说：“我不去了，让我们叶大队自己去吧！”

孙俊说：“你们叶大队有事儿不能来了，你来行吗？”

苏岩说：“黄区长来吗？”

孙俊说：“黄区长也不来，就咱们俩，你看行吗？”

苏岩说：“行。”

– 18 –

晚上还是在那个巨大无比的房间里吃饭。昨天吃的时候，五个人坐的是六人台。今晚，两个人坐的是三十人台。

桌子上全是山珍海味。

苏岩说：“孙总，就咱们俩是不是太浪费了？”

孙俊说：“浪费的多了，也不差这点儿了。”他主动给苏岩倒了杯酒，“你随意啊。”

孙俊一饮而尽，苏岩也一饮而尽。

今天，两个人在派出所对骂之后，竟然还有了点儿惺惺相惜。

孙俊说：“老弟，你和我都是权力斗争的牺牲品。”

苏岩说：“不明白你的意思。”

孙俊说：“你们陈局为什么对我有想法，还不是因为黄亦工和我走得近嘛！黄亦工要到公安局去工作，你们陈局有可能认为是我运作的。苏岩，你想想，我哪有这个本事啊！”

苏岩说：“你的本事大了。”

孙俊说：“再大我还能有权大？黄亦工过去是王书记的秘书……”

苏岩说：“秘书没用，过去我还是陈局的秘书呢！”

孙俊说：“正因为你是陈局的秘书，所以，你才必须要听你们陈局的呀！”

苏岩说：“孙总，我查你真的是我个人的意思，与我们陈局无关。”

孙俊说：“有关无关不重要，重要的是，老弟，通过今天这件事儿，我感觉你我的感情又近了一步。”

孙俊干了杯中的酒，趴在苏岩的耳边，“帮我找个机会，我好好请请你们陈局……”

苏岩说：“你直接去请他吧！”

孙俊说：“我直接去请不动，求你了！”

苏岩说：“好吧，我给你试试。”

孙俊说：“谢谢。”

苏岩说：“你想怎么谢？”

孙俊说："怎么谢都行。"

苏岩说："那我提个要求？"

孙俊说："提吧！"

苏岩说："我想一个人在这个房间里，泡个澡。"

– 19 –

卫生间里的池子很大，泡三个人都没问题。苏岩往池子里倒了各种浴液。

浴液什么颜色都有，一层层泛起的泡沫五光十色！

苏岩把一杯红酒放在旁边后，就一头钻了进去。

苏岩在五光十色的泡沫中待了好一会儿，才钻出来。他舒服地躺在里面，一边喝着酒，一边抽着烟。

今天发生的事很悬，按理，应该后怕。但苏岩不怕，甚至他都没想。

多大个事儿呀，有什么可想的！

今天有酒今天醉，明天没酒喝凉水。

– 20 –

叶建林说："昨天晚上你真去吃饭了？"

苏岩说："是呀！"

叶建林说："你可真好意思。"

苏岩说："有什么不好意思的，那么一大桌子，不吃白瞎了。"

叶建林说："都谁呀？黄亦工去了吗？"

苏岩说："没去，就我和孙俊。"

叶建林说："就你们俩？不别扭啊！"

苏岩说："别扭什么呀，吃完我还在那儿泡了个澡。"

叶建林说："你泡澡，那孙俊干吗呀！"

苏岩说："孙俊帮我搓澡呀！"

叶建林笑了："我还以为是楚慧玲和王红给你搓澡呢！"

苏岩说："她们俩要是帮我搓，地方还真够。那个池子老大了。"

叶建林说："前天吃饭撒尿时，我看到过，的确是老大了。"

两个人谈着昨天晚上，谈着撒尿，谈着大池子，谈着楚慧玲和王红。全都谈完了，叶建林才问苏岩："今后孙俊还能不能查？"

苏岩说："查倒是能查，只不过再往死查他，恐怕是够呛了！"

放屁的工夫，孙俊就调来了无数的大妈大叔，真要是往死查孙俊，最后死的不一定是谁呢！

叶建林说："既然往死查查不了，不行这个案子就先放放吧！"

苏岩说："放放倒无所谓，可问题是现在他妈的，我该怎么办？"

叶建林没吱声。

昨天苏岩惹出了这么大的事儿，局里肯定要有说法。

苏岩说："上午开会通知让我也参加。"

叶建林说："是吗！"

这个会是科、所、队领导参加，按理，苏岩没资格。

叶建林说："干吗让你参加这个会？"

苏岩说："我估计陈局是要骂我！"

昨天黄亦工当着孙俊的面已经骂他一次了，陈凯鸣今天当着大家的面再骂他一次，也算是对内对外都有了交代。

－21－

陈凯鸣在局里很霸道，开会时，骂领导干部是常事儿。

怕骂得太狠，苏岩进了会议室，躲在了角落里。

陈凯鸣拿着水杯进来时，一眼看到了苏岩，他指了指旁边。苏岩只好过来挨着陈凯鸣坐下。

会议开得很简单，围绕昨天处置这起突发事件进行了总结。

陈凯鸣主要是以表扬为主，什么巡警、治安、刑警、户政反应迅速，都在第一时间赶到现场，及时有效地化解了危机。

表扬完，陈凯鸣只批评了高军："再抓赌博要谨慎，像这些下岗的没工作的，不要紧盯着不放。这些人本来心里就有怨气，想闹事儿都没机会，你这么一抓，不正是火上浇油嘛！今后对这些人什么赌博了跳舞了，都睁一只眼闭一只眼！"

陈凯鸣说得很平静，一点儿火没发："昨天的事儿虽然搞得我们疲于奔命，但大家不要灰心，这些人下岗没工作都是暂时的，等我们市的经济搞上去了，他们天天忙着上班挣钱，也就不想着闹事儿了。"

陈凯鸣说得轻松愉快，昨天出了这么大事儿，按理他应该震怒，可陈凯鸣不仅没震怒，还面带微笑。

干警们糊涂了，苏岩都跟着糊涂了。

苏岩坐在他的身边，陈凯鸣先扔给他一支烟。苏岩为其点烟，陈凯鸣还把身体亲昵地侧向他。

陈凯鸣批评完高军，却表扬了叶建林："上次化工厂走私，你处理得很好。如果当时把厂长押起来，那么昨天来派出所的这些大妈大叔，估计得把我们市局甚至市政府围得水泄不通了！看起来，你比我有远见，当时我还要你依法办案呢！"

陈凯鸣把叶建林说得脸红脖子粗。

当时，是陈凯鸣要求放人的。

叶建林不敢把这个功揣在自己怀里："陈局，放人是苏岩提出的，为此呢，他写了一篇《情况反映》，不知您看到了吗？"

陈凯鸣说："我看到了。"他把头歪向苏岩："那是你写的？"

苏岩点了点头："我其实也是根据叶大队的指示。"

陈凯鸣竟然当众摸了一下苏岩的头："你这个案子办得不错！"

– 22 –

陈凯鸣没说没骂自己，苏岩心里反倒不是滋味。

他不仅惹了祸，同时，也给孙俊敲了警钟，等于是打草惊蛇。今后，查孙俊查不下去，查别人有可能也查不下去。

"有本事你们警察去查孙俊呀？查我们算什么能耐啊！"

如果每个该查的都来两句这种话，警察自己都觉得脸没地方放。

换成别的警察，想到这些得愁死，但苏岩不愁。

不仅不愁，还产生了快感，仿佛高潮即将来临一般！

– 23 –

苏岩让魏治国去办个事儿，好些日子过去了，魏治国一直没回信。苏岩给他打电话，魏治国没接也没回。

苏岩犯起嘀咕。

让魏治国办的事儿，涉嫌孙俊违法的线索。

现在，苏岩查孙俊这事儿全社会都知道，怕魏治国把自己出卖给孙俊，苏岩就在魏治国的家门口堵他。

魏治国半夜回来见到苏岩吓了一跳。

苏岩说："打你电话怎么不回呢？"

魏治国说："你让我办的事儿还没办好，我不知怎么回呀！"

苏岩说："事很难办吗？"

魏治国说："那个高守仁，我跟了他很长时间没发现他有什么把柄啊。"

苏岩说："没把柄就算了，这个事儿，你不用费心了。"

魏治国说："你生气了？"

苏岩说："没有。"

魏治国小心翼翼地看着苏岩。

苏岩收拾孙俊没收拾了，反倒被孙俊收拾了，已经传遍林河。

怕魏治国坏事儿，苏岩只好警告他："我让你查高守仁这个事儿，你可绝对不能告诉孙俊。"

魏治国显得很委屈："苏哥，你对我这么不放心吗？"

对魏治国这样的，苏岩从来就没放过心，但现在为了不坏事儿，他还是拍了拍魏治国的肩膀，"对你不放心，这个事儿，我就不会让你办了！"

魏治国说："既然让我办了，那你就让我给你办好不行吗？"

苏岩说："算了吧，我再想想其他办法。"

魏治国说："你还有其他好办法吗？"

苏岩想想还真没有。

魏治国试探地问："我感觉高守仁挺好啊，你干吗要收拾他啊？"

苏岩说："我没想收拾他。"

苏岩都不认识高守仁，他只是想从高守仁那儿找到突破口。

魏治国说："既然这样，咱们就一起见见他吧！"

– 24 –

见高守仁是以喝花酒的名义，所以除了高守仁，魏治国还把银行的宋雪莹和周雪静那两个美女，也找来了。

苏岩很别扭，抓不到高守仁的把柄，魏治国这是打算给高守仁直接下套啊！

酒桌上，魏治国不停地巴结着高守仁。他左一杯右一杯地敬，敬得高守仁都过意不去了，他说：“治国啊，你敬苏队长一杯啊！”

魏治国说：“苏队长不喝酒。”

魏治国敬高守仁，两个美女也跟着敬高守仁。起初，苏岩以为他们想灌高守仁，后来发现还真不是。

魏治国每杯都干了，美女每杯也干了，但高守仁一杯没干。

苏岩心里犯起了嘀咕。

魏治国这小子到底要干什么呀？

酒过三巡了，魏治国拿苏岩说事儿：“老弟，我对你有想法！”

苏岩说：“什么想法？”

魏治国说：“你还记得你帮阎刚从我这儿弄走那20万吗？”

苏岩说：“我记得呀。”

魏治国指着苏岩，“阎刚因为和你是朋友，你就帮他从我这里整回去了20万，你这哪儿像个人民警察啊！”

要是平时，魏治国没胆量这么说，现在这么说显然是给高守仁听的。

果然，在高守仁惊讶的同时，魏治国就转身对他说：“你知道为什么这个警察要从我这儿弄走20万吗？他要给化工厂的下岗职工。”

魏治国这是拐着弯儿表扬苏岩！

于是，高守仁包括两个美女都向苏岩投来尊敬的目光，弄得苏岩倒有点儿不好意思。

魏治国说：“但那20万根本不够，因为阎刚欠了化工厂100多万，阎刚虽然是苏队长的朋友，但不好使！知道苏队长是怎么干的吗？他用枪顶着阎刚的脑袋，阎刚当时就吓得尿裤子了。”

苏岩显得很谦虚：“没有没有没有。”他还起身端起酒杯，敬魏治国：“这100多万给化工厂弄回去，还有你的功劳呢，来，我代表化工厂的下岗职工谢谢你。”

喝完酒，魏治国继续对高守仁吹嘘着苏岩：“苏队长老弟更牛逼的，你知道是什么吗？他把孙俊干了！”

两个美女和高守仁应该都知道孙俊是什么人物，这时，他们又不约而同地向苏岩投来崇拜的目光。

这目光虽然让苏岩有些尴尬，但这个场合，他还必须接受。

因为社会上有两种传说，喜欢孙俊的，说苏岩被孙俊干了。讨厌孙俊的，说孙俊被苏岩干了。

魏治国显然是后者，他说：“孙俊去赌博，被我们苏队长堵住了！孙俊只是和大妈大叔打个小牌，知道我老弟罚了他多少钱吗？500万！”

罚孙俊是500，但他确实向税务局补缴了500万。讨厌孙俊恨孙俊的就传成了，他被苏岩罚了500万。

魏治国说：“孙俊在林河什么人物啊，那是大牛逼头子，可在我们这位苏队长的眼里面，孙俊他妈的就是一摊狗屎！”

– 25 –

酒桌上，魏治国要帮苏岩塑造两种形象：第一，苏岩是好警察；第二，苏岩不好惹。这两个目的都实现后，魏治国就建议去唱歌。

到了歌厅，魏治国对两个美女事先肯定做了工作，她们俩像两条蛇一样，缠着高守仁。

但高守仁却对美女兴趣不大，一个劲儿地和苏岩聊着。

见到不需要使用美人计了，魏治国也就不再客气。宋雪莹唱歌，他和周雪静跳贴面舞。周雪静唱歌，他和宋雪莹跳贴面舞。

歌厅里的光线暗得要命，魏治国借机把手伸进女人的裙子里。

当面这么下流，按理苏岩和高守仁都得兴致勃勃，但他们俩对下流没一点儿兴趣。他们俩坐在角落里一直在窃窃私语。

高守仁说："治国这几天一直劝我要见见你，开始我不想来，但今天见了你之后，我觉得你是可以信任的！"

高守仁能说出这些话，魏治国应该没少做工作。

苏岩说："那我就多谢你对我的信任！"

高守仁说："我能帮到你什么吗？"

苏岩直截了当地说了出来。

高守仁沉默了。

苏岩说："你是党员，又是领导干部，你要有这个觉悟！"

高守仁说："我可以给你看相关的票据，但我不能给你写文字材料……"

苏岩说："高科长，我也不需要你的文字材料，你能告诉我具体的事儿就行。"

有了具体事儿，就等于有了具体的线索！这才是警察最需要的。

见到自己不会留下把柄，高守仁就很痛快地说了一个事儿！

苏岩听完都有点儿傻了。

高守仁问苏岩："这个事儿行吗？"

苏岩握住高守仁的手，非常郑重其事："高科长，我代表党，代表人民谢谢你！"

– 26 –

查孙俊前吃孙俊，查孙俊后还吃孙俊。

叶建林都看不惯了。他对苏岩说："没你这么干的，你怎么还吃起来没完没了啦？"

苏岩说："这不能怪我，是孙俊老没完没了地请我啊！"

孙俊没完没了请苏岩不假，但他不是请苏岩，是想通过苏岩请局长。

苏岩每次都对孙俊说："我们局长太忙，这次肯定来不了。"

孙俊只好每次都对苏岩说："你们局长太忙，那这次你忙不忙？"

苏岩说："我不忙。"

于是，在那个巨大无比的房间里，桌子上每次都是山珍海味，苏岩每次都一点儿也不客气。

苏岩自己都说："孙总啊，每次都是你请我，我觉得实在是不好意思，这次一定我来买单。"

孙俊说："在我这儿，还能用你买单？！"

苏岩说："让我买一次呗，不能每次来我都吃你呀！"

孙俊说："吃我就吃我呗，只要你不查我，你天天吃，我都没意见。"

苏岩说："吃你和查你是两码事儿。我吃你了，不代表我就不查你了！"

孙俊说："老弟呀，我为什么喜欢你总来吃我，就是因为你太实在。"

苏岩说："我是装实在。"

孙俊说："你才不装呢，有机会的话，你一定会查我的。"

两个人每次都这么半真半假地说着。总这么说，说着说着就没意思了。说完吃完，孙俊都要问苏岩："让美女来陪你吃呀？"

苏岩每次都说："算了算了。你要是忙，你去忙，我现在已经吃得差不多了。咱们这次到此为止吧！"

– 27 –

这次，苏岩主动说："孙总，你要是忙，你就忙去，我自己吃！"

孙俊说："你自己吃太寂寞，我让楚慧玲和王红来陪你！"

苏岩说："那不用。"

孙俊说："你别客气。我知道，你每次来都愿意捏脚，这样，我让她们来，也帮你捏脚总行吧！"

捏脚就是足疗，这是个技术活儿。楚慧玲和王红是迎宾员，她们不会这个。

两个美女一人抱着苏岩一只脚，十分卖力地捏着。

苏岩说："算了算了。你们回去吧，不用你们捏了。"

楚慧玲说："为啥呀？我们捏得不对吗？"

王红也说："为啥不让我们捏呀？你说捏脚心舒服，我们俩捏的就是脚心哪！"

苏岩说："你们俩这不是在捏脚心，你们这是挠脚心。"

– 28 –

苏岩找了个借口，让楚慧玲和王红回去，然后把婷婷叫来。

婷婷来了问他："为什么把她们撵走了？"

苏岩说："她们俩不会捏脚。"

婷婷说："人家来也不是给你捏脚的呀，你也是，除了捏脚，你倒干点儿别的呀！楚慧玲、王红'双飞'可厉害了。"

从上次帮忙骂了何胜之后，婷婷和苏岩随便了许多。因为有求于婷婷，苏岩也不好太装。这次，他还故意问："你说的'双飞'是什么意思？"

婷婷说："明知故问。"

给苏岩捏脚时，苏岩是躺着。有什么情况，婷婷一目了然。

婷婷说："给你按脚，你怎么还能硬呢？"

苏岩说："我憋的呗！"

婷婷说："这两天，你没和她在一起啊？"

苏岩愣住了。

婷婷说："怎么了，你们闹矛盾了？"

苏岩说："没有。"

见苏岩不想说这个话题，婷婷就说："哥，过些日子，这里我不干了。我要到北京去！"

苏岩说："那就去吧！"

婷婷说："那你准备让我对谁下套啊？"

苏岩很惊讶："我没想让你对谁下套啊！"

婷婷也很惊讶："你不说让我帮你吗？"

苏岩笑了："你理解错了，我是想让你帮我了解一下孙俊的秘密。"

婷婷说："什么秘密？"

苏岩说："什么秘密都行。"

婷婷说："他的秘密吧，我还真不太清楚。楚慧玲和王红应该能知道些，要不你去问问她们？"

苏岩说："她们不能问，她们是孙俊的嫡系，问她们会惹来麻烦。"

婷婷说："也是。"

苏岩本以为通过婷婷会像高守仁那样整来关键的线索呢，但显然苏岩高估了婷婷。

婷婷说："哥，除了这个，那我还能帮你什么呢？"

苏岩说："没关系！婷婷，你不要过意不去，帮不上就帮不上！"

婷婷说："必须得帮上。哥，孙俊经常给人下套，你也下呗，下套的话，我就能帮上你了。"

婷婷举了化工厂的厂长张子龙的例子："张子龙就是被楚慧玲给下套了。"

苏岩说："你怎么知道？"

婷婷说："开始让我下来的，我看那个老头太脏了，就没干。但哥，你要是让我干，我就干。"

婷婷的话给了苏岩很大的启发。

高守仁和他说了那个事儿之后，苏岩始终没找到像样的办法。

如果利用婷婷……

但这太冒险了。

婷婷说:“你在想什么呢?”

苏岩说:“我在想，你为什么要帮我?”

婷婷说:“我也搞不清。”

搞不清不行啊!苏岩用婷婷必须得有把握才行。

苏岩说:“是因为你怕我吗?”

婷婷说:“也不全是。”

苏岩说:“那你恨孙俊吗?”

婷婷说:“我挺恨何胜的，但孙俊我还真不恨。”

孙俊开按摩院主要为了拉关系，他不以营利为目的。小费基本全返。这么好的待遇，使得他这里小姐最多最好也最漂亮。来这里的小姐安全还能挣到钱，使得孙俊的口碑很好。

苏岩说:“既然你不恨他，为啥还要帮我查他!”

婷婷想了好一会儿，才说:“我就觉得他赚钱太容易了!我们其实也容易，但和他比，我们简直就是要饭的……苏哥，你说我是不是心理阴暗啊?我怎么看不得别人好呢!”

苏岩说:“千万别这么想，孙俊这种人的好，不是好来的，他是靠歪门邪道才有今天的好。婷婷，你帮我查他，你不要有任何心理负担!你这是正义，懂吗?”

虽然苏岩说得非常认真，但婷婷好像还没想那么多，她说:“哥，你放心，反正，我真心帮你就是了。”

婷婷真心帮苏岩，苏岩是相信的!

就像魏治国帮苏岩一样，现在社会上有不少人都希望孙俊这次能被苏岩整倒。

关于这一点，苏岩很清楚。

每个一线警察都有类似的感受，很多线人向警察出卖别人并不是为了钱，也不是出于正义之类。

也许，每个人的内心都有着某些不易察觉的阴暗：比如嫉妒，比如仇官，比如仇富……

– 29 –

苏岩离开婷婷，独自开车穿行在漆黑的夜里。婷婷要这么帮他，让苏岩很意外。其实，今天去找婷婷，苏岩主要是想找她聊聊天。

最近杜娟始终不理他。

从上次一起去抓殷淑艳，杜娟就再也没见苏岩。他给杜娟打电话，杜娟不是按了，就是说马上回。可每个马上回，到了现在也没回。

苏岩心里很苦闷。

苏岩开车来到了杜娟家的小区，甚至来到了杜娟家的楼下。

苏岩想了很久，决定还是给杜娟打个电话。

电话通了。

苏岩先问："说话方便吗？"

杜娟说："方便。"

苏岩说："我在你家楼下呢！"

杜娟说："我没在家。我在我妈家呢，你有什么急事儿吗？"

苏岩说："我想和你好好谈谈。"

杜娟说："那明天中午谈吧！"

– 30 –

中午，苏岩开车来到了南江宾馆。他把车停在了角落里。

进宾馆，他没有走大门，走的是西面的一个小门。

进了小门，左侧有楼梯，沿着楼梯上了二楼才坐的电梯。

这个路线是杜娟告诉他的。

苏岩坐电梯来到了1309房间的门前，还没敲门，门就开了。

苏岩进去后，杜娟把头探出来，还向外看了看。

杜娟锁上门，回身就抱住了苏岩。此时的她浑身直哆嗦。

苏岩说："怎么了？"

杜娟说："我吓坏了。"

苏岩说："你怕什么呀？"

杜娟说："我这是第一次开房。"

苏岩说："你第一次开房怎么知道路线呢？"

杜娟说："上个礼拜在这儿参加婚礼发现的，当时，我就想要在这儿和你约会一次。"

杜娟应该没撒谎，刷牙时，她问苏岩："哎，这个牙膏怎么挤不出来呢？"

苏岩说："你把帽反过来，看见里面是不是有尖儿？用尖儿去扎！"

杜娟说："你怎么知道？你是不是总开房啊！"

苏岩说："对呀，我们经常出差抓人，就得总开房呀！"

两个人已经好些日子没见了，但杜娟感觉像是天天见。

苏岩说："怎么不接我电话呢？干吗总不见我呀！"

杜娟说："这不见了嘛！"她刷完牙，穿着宾馆的睡衣，问苏岩："你来这里刺激吗？"

苏岩说："刺激。"

– 31 –

苏岩嘴上说刺激，但他这次见杜娟并没有真的想要和杜娟刺激。无论杜娟如何挑逗，苏岩丝毫没反应。

杜娟说："你今天怎么了？"

苏岩说："我没怎么的。"

苏岩抽着烟，杜娟也抽着烟。

苏岩说："你还会抽烟呢？"

杜娟说："过去抽过，好长时间不抽了，但最近我特别想抽。"

最近特别想抽，说明最近遇到事儿了。

苏岩说："你最近不理我，是不是和这个事儿有关？"

杜娟岔开话题，但苏岩却咬住不放："杜娟，到底什么事儿，你就告诉我吧！"

杜娟说:“没什么事儿呀!”

苏岩说:“没什么事儿,你干吗今天要在宾馆里见我?”

杜娟忽然问苏岩:“你真的那么坏吗?”

苏岩说:“我怎么坏了?”

杜娟说:“你向孙俊要500万,孙俊没给你给了国家,你就……不高兴了,于是,你就狠狠查他!”

社会上确实有这样一种传言。

苏岩说:“你信吗?”

杜娟说:“我不信,可孙俊确实是给税务局缴了500万之后,你才狠狠地查他的呀!”

杜娟这么说,苏岩真有点儿不好解释,但不好解释也得解释。

别人误解无所谓,但杜娟误解,他受不了。

苏岩谈了自己的家庭,谈了家庭条件多么多么好。这么好的条件,他不可能为了钱去干这种事儿啊!

苏岩说:“我不缺钱,我也算是有钱人!”

杜娟说:“越是有钱人才越容易为了钱什么都去干呢!”

苏岩说:“我不会干的。”

杜娟说:“希望你不会干,苏岩,这么干太危险了。”

苏岩说:“杜娟,我向你发誓!”

杜娟说:“你不用向我发誓,其实,你这么干和我也没什么关系。我只是觉得你这么干实在太坏了。”

苏岩说不出话了。

被误解之后,往往越解释越解释不清。

杜娟这时把头依偎在苏岩的怀里，忽然问：“苏岩，你会坏我吗？”

苏岩无比吃惊，“我坏你，我干吗要坏你呀？”

杜娟说：“你这么坏，我真害怕你坏我！”

苏岩搂着杜娟：“我怎么坏了？”

杜娟说了苏岩如何给魏治国上绳，如何到看守所里去吓唬魏治国……

苏岩想想自己也确实够坏的。

苏岩说：“我承认我有点儿坏，但我坏的都是坏人哪！”

杜娟说：“可能，你认为我也是坏人！”

苏岩十分不解，“你也是坏人？那你怎么坏了？”

杜娟说：“我骗你了！”

苏岩说：“你骗我什么了？”

杜娟想了想，没直接说，只是告诉苏岩：“下个礼拜，我要结婚了！”

– 32 –

苏岩和杜娟刚接触不久，杜娟就告诉他，她的男朋友蔡建宏是工厂的技术员，没多久，杜娟又告诉他蔡建宏被提拔当上了车间的副主任。

当车间副主任，杜娟撒谎了。现在的蔡建宏还是个技术员。

蔡建宏白白净净文质彬彬，猛一看感觉有点儿像苏岩。

大概也因此，苏岩对蔡建宏充满了好感。怕蔡建宏有敌意，他还掏出了工作证让蔡建宏看。

苏岩说：“我和杜娟一个单位，她不是要结婚嘛，我找你了解些情况。我们警察结婚，都得对配偶的亲属进行外调……”

蔡建宏说：“苏哥，别来这套了！我知道你！”

苏岩说：“你知道我？”

蔡建宏说：“杜娟和我总提你！”

苏岩说：“她提我干吗？”

蔡建宏说：“你不是追过她嘛！”

苏岩的脸感觉烧得慌。

蔡建宏说：“杜娟其实很喜欢你，她曾经真的打算嫁给你……”

这个话题太闹心，苏岩岔开了：“你和杜娟关系很密切，对吗？”

蔡建宏说：“对呀！”

苏岩说：“你是她的表哥……”

蔡建宏笑呵呵的：“不瞒你说，小时候，我和杜娟多少有点儿青梅竹马，大了以后，这个念头虽然没了，但关系一直还不错。有什么话呢，我愿意和她说，她也愿意和我说。”

苏岩能感觉到蔡建宏说的应该是事先想好的。他问：“你知道我会找你，是吗？”

蔡建宏说：“是呀，杜娟早就告诉我，你会来找我，只是没想到，你现在才来……”

苏岩做着手势，“快别说了！”

蔡建宏不解：“为什么不让我说了？”

苏岩拍了拍蔡建宏的肩膀，“因为说多了，就全是眼泪了。”

– 33 –

其实，苏岩没一滴眼泪。

太突然，太惊愕！

苏岩还来不及流眼泪。现在他最愁的，是如何参加杜娟的婚礼。

杜娟结婚没大操大办，只给单位随礼的办了几桌答谢宴。

答谢宴定在晚上六点。五点多，叶建林就让苏岩和他一起去。

苏岩说：“你先去吧，一会儿，我可能要和陈局一块儿去。”

苏岩认为陈凯鸣不会去，他想以这个为借口，干脆也不去。

但六点时，陈凯鸣给苏岩打电话：“婚礼你去吧？你把车停在门口，一会儿你拉我。”

苏岩说：“你司机呢？”

陈凯鸣说：“我司机拉办公室的去了，怎么的，你不想拉我呀！”

苏岩说：“那我得敢呢！”

苏岩开车拉着陈凯鸣去参加婚宴，路上关于婚宴陈凯鸣却提都没提。

陈凯鸣没提，苏岩更不提。

现在他最怕的，就是别人当他面提杜娟结婚如何如何。

到了饭店，陈凯鸣对苏岩说：“你别跟我坐一起！”

苏岩说：“我跟你坐一起怕什么？我好伺候你啊！”

陈凯鸣说：“我不用你伺候！”

苏岩只好灰溜溜地跑到了叶建林这一桌。

叶建林问他：“干吗不和陈局一个桌呢？”

苏岩说：“陈局不想让别人看我和他挺近呗！”

叶建林说："陈局这是在替你考虑！他不想让黄亦工对你有看法！看起来啊，黄亦工就要给咱们当局长了！"

苏岩说："这架势像啊！今天来的公安局占了一大半！"

两个人正说着，杜娟和黄亦工进来敬酒了。

尽管这个场面苏岩早已有所准备，但见到光彩照人的杜娟挽着黄亦工的胳膊，他的大脑还是瞬间短路了。

– 34 –

整个婚宴，苏岩始终处在短路中。杜娟应该没短路，敬酒时，还和苏岩开着玩笑。玩笑的内容苏岩记不得了。他只记得玩笑不轻不重恰到好处。

苏岩不想来参加婚礼，除了怕尴尬，最怕的是露馅儿！真要是让别人看出，他和杜娟有那种关系，后果不堪设想！

好在参加婚宴的似乎没人有这种怀疑。

杜娟的科长酒后拉着苏岩，还发着感慨："我说，你怎么又是请杜娟吃饭又是帮她改稿子呢，你也太会溜须了。苏岩，全公安局，我最佩服的就是你。现在，陈局喜欢你，将来杜娟的老公要是当了咱们的局长，我相信，他照样会喜欢你！"

叶建林也没怀疑苏岩。他甚至问苏岩："是你把杜娟介绍给黄亦工的吧？你也太会溜须了。"

大家都说苏岩会溜须，苏岩还暗自庆幸。

开始，苏岩是无比的担心。毕竟他拉着杜娟搞过案子。众目睽睽之下，好多人都看到了。

也许正因为有好多人看到了，好多人反而不再往那方面去想。

估计也没人敢往那方面去想。

都知道黄亦工要来公安局当局长，敢和未来局长的老婆有一腿，这得需要怎样的熊心豹子胆！

– 35 –

高军以为苏岩开玩笑：“你要到我们派出所来？”

苏岩说：“对呀。”

高军说：“拿我当礼拜天过？别逗我了！”

苏岩说：“我没逗你，你应该也知道，那个黄区长可能要到咱们局当局长！”

高军说：“当局长怕什么呀！他不是很欣赏你嘛！”

苏岩说：“欣赏什么呀！高军，你不看到了吗？前些日子，黄亦工在你们所不是把我狠狠地批评了一顿！”

高军说：“他批评你不是因为你工作没干好吗？”

苏岩说：“我工作都没干好，你想，他还能欣赏我吗？和你说实话吧，那天，黄亦工当面警告我，他要是来公安局第一个就会把我清除出公安队伍。”

高军很震惊：“这么严重啊！”

苏岩说："不严重，我能想着到你们派出所来嘛！"

高军说："你来也好。来了，你当所长，我当指导员。"

高军下派出所是为了一个"正科"。现在正科到手，他也真欢迎苏岩能来。

苏岩说："黄亦工不会让我当所长的，估计副所长顶天了。"

高军说："副所长也行！反正，你来我就听你的。"

苏岩说："你是所长你听我的？你是不是有病啊？"

高军说："我可不是有病嘛！过去听你的听惯了，现在不听你的，我每天可别扭了。老弟，既然想来就抓紧时间来吧！"

– 36 –

叶建林很惊讶："你到派出所干吗？"

苏岩说："去躲一躲呗！"

叶建林说："躲谁呀？"

苏岩说："躲仇人呗，孙俊这个案子搞完，我肯定得罪很多人，我在市局目标太大，下去躲躲省得让别人惦记。"

叶建林说："你到下面别人就不惦记了？苏岩，这个事儿，你得要谨慎，你在局里，有陈局罩着你……"

苏岩说："那将来陈局不在了呢？"

叶建林说："黄亦工……"

苏岩说："别提他了。我是陈局的嫡系，黄亦工不可能照顾我！"

叶建林说："你别这么想，黄亦工对陈局有想法，不等于对你也有想法。黄亦工真要是到公安局来，他首先最需要的肯定是政绩，只要你把孙俊这个案子搞好了，黄亦工百分之百会重用你！"

即便黄亦工真的重用，苏岩也不打算留在局里。

杜娟在局里，黄亦工也在局里，如果他还在局里，天天抬头不见低头见，这……太尴尬也太危险了。

– 37 –

杜娟婚假没休完就来局里上班。她拿着喜糖喜烟到熟悉的科室几乎走了一遍。

来到苏岩办公室，她拿出了一整条中华烟。

苏岩说："对我也太特殊了！"

杜娟说："你随了那么重的礼，当然得特殊了。"

苏岩打开包装，抽出烟，点燃后慢慢地吸着。现在，他不想和杜娟说太多话。

杜娟说："打电话，你怎么不接呢？"

苏岩说："我忙！"

杜娟说："你都忙什么呀？"

苏岩说："瞎忙。"

杜娟说："现在你不忙吧？送我一趟！"

苏岩说："不好。"

杜娟说："怎么不好？"

苏岩说："你不怕别人怀疑？"

杜娟说："没人怀疑。"

苏岩说："你怎么知道没人怀疑？"

杜娟说："你这是做贼心虚，过去你总送我，现在你不送了，别人才会怀疑呢！"

– 38 –

杜娟像过去一样大方地站在轿车旁等着，苏岩像过去一样大方地走到了轿车旁。

真像杜娟所说，越大方越没人怀疑。

苏岩开车拉着杜娟穿行在人来车往的大街上时，杜娟便把头靠在了苏岩的肩膀上。

苏岩的手心出汗了，"让人看见。"

杜娟说："你在心里恨我吗？"

苏岩说："我恨你干吗？"

杜娟说："我骗你了！"

苏岩说："骗就骗吧！哎哎哎，别这样……"他伸出手，推开杜娟。

杜娟说："你怕他？"

苏岩说："我是怕他！"

杜娟说："他要见你。"

苏岩的心在颤抖："真的假的？"

杜娟说："真的，今天，我到单位，他特意让我找你。"

苏岩说："你在逗我吧！"

杜娟说："我逗你干吗！"她拿出了手机，拨通了号码，"老公，苏岩拉着我呢，到哪儿？……好的。"

杜娟放下手机："一会儿，你去办公室见他！"

苏岩浑身是汗："他见我究竟想干吗？"

– 39 –

黄亦工说："杜娟老在我面前提你。你对她的帮助不小啊！今后，你还得继续帮助，让她尽快熟悉公安业务！"

说这些话，黄亦工是满脸笑容。这应该不是装的。知道被戴了绿帽子，装不出满脸的笑容。再说，黄亦工真要是知道——哪怕是察觉了，他也决不会去娶杜娟。

这么想，苏岩的心算是平静了些。

黄亦工这次着急见苏岩主要是因为孙俊："这个案子，现在是什么情况？"

苏岩说："还在侦查阶段。"

黄亦工说："侦查得什么时候结束？"

苏岩说："还得一段时间。"

黄亦工说："要抓紧啊！孙俊让那么多大妈大叔围住派出所，这是相当恶劣的社会事件，我已经向市里领导做了汇报，估计领导会很快给你们市局下达具体指示！”

苏岩说：“那太好了。”

黄亦工说：“好是好，但孙俊不好查，也让市里领导很担心。苏岩，今天找你来，我想问问你有没有什么特殊办法？”

苏岩说：“特殊的办法，那当然有了。”

黄亦工握住了苏岩的手，“既然这样，老弟，那就尽快动手吧！”

苏岩也想尽快动手。搞完这个案子，苏岩在经侦就没什么遗憾了。这样，他可以坦然地离开局里，离开杜娟，离开这个是非之地！

C 第五章
HAPTER 5 〉

－1－

苏岩把车停在路边的角落里，婷婷下了出租车款款地走来。

婷婷穿着运动衣运动裤，一副高中生模样。上了车，婷婷问：“是谁呀？”

苏岩说：“是薛树波。”他拿出了一张照片，“你应该认识。”

婷婷看了一眼，“认识，他差不多天天都来。”

苏岩说：“他对你有想法吗？”

婷婷说：“有。但我没和他整过。”

苏岩不知往下说什么。

婷婷说：“没事儿，你放心吧，我保证有办法就是。”

苏岩说：“那就难为你了。”

婷婷笑了，摸了一下苏岩的脸蛋：“录音机带来了吗？”

苏岩说：“不能用录音机。”

婷婷说："为什么？"

苏岩说："你那儿是孙俊的地盘，要是被他发现了，太危险。把你的手机拿来，我看一下。"

婷婷拿出了手机。

那个年代的手机普遍没有录音功能。

苏岩看了看，教着婷婷："很简单，进了房间，你就打我的手机，通了之后，我在我手机上录。"

婷婷说："这能行吗？"

苏岩说："能行。"

苏岩从兜里拿出了一个小录音机，用导线连在了自己的手机上。

婷婷说："这能录清楚吗？"

苏岩说："这个录音机可以把声音放大。"

婷婷说："那咱们试试！"

两个人当场试了一下，效果非常好。

婷婷说："这样就简单了，到时候，我先打你的手机，然后我把手机放在床头的柜子上，就完了呗！"

苏岩说："你太聪明了！"

婷婷说："这还聪明啊！傻子都会。"

苏岩说："婷婷，你不要害怕，到时候，我就在大厅里监听，万一出了问题，我一定会保护你。"

– 2 –

“我一定会保护你。”

苏岩只能向婷婷这样承诺，但这个承诺能否兑现，苏岩自己心里也没底。

让婷婷干这种事儿是见不得人的。

真要是露了，别说婷婷他保护不了，作为警察，他连自己都保护不了。

执法者竟然让小姐去做这种事儿！

要是让人抓住，身败名裂的肯定是苏岩自己。

那个年代的一线警察不像现在这么舒服，现在有无穷无尽的高科技为警察找到一切证据。

当时不行！

想要破案，想要出奇制胜，有时真得来点儿邪门歪道！

– 3 –

婷婷为苏岩干这种事儿时，苏岩比婷婷还紧张。他坐在洗浴中心的沙发上，都能听到自己的心跳声。

怕何胜来打扰，进了大厅里，苏岩就假装睡觉。录音机藏在包里，用耳机可以监听一切。

婷婷大概怕苏岩不放心，早早地就打来手机。

手机里的声音，不堪入耳。苏岩听不下去，但又不得不听。

时间一分一秒过去，苏岩感觉非常漫长。

其实，录下这些足够了。他真希望婷婷现在就把手机关了。

好不容易等婷婷关了机，苏岩才重重地松了一口气。

苏岩准备离开时，婷婷打来了电话：“清楚吗？”

苏岩说：“清楚。谢谢你。”

婷婷说：“刚才，知道你在偷听，我可不好意思了。哎，我是不是有点儿不自然？”

苏岩说：“非常自然。”

这时，婷婷已经走进了大厅里，她拎着一箱进口啤酒，四处推销着。

推销到苏岩这儿，苏岩启开一瓶咕咚咕咚地喝。

婷婷说：“你怎么浑身都是汗？”

苏岩没敢说紧张，就说：“我热呗！”

婷婷说：“是不是刚才听得太刺激了？”

苏岩说：“是。”

这时，婷婷像是看到了谁，“哥，你准备好啊，我再让你刺激一下。”她用眼色示意着，“西侧墙角的那个老头看见了吗？”

苏岩说：“看见了！”

婷婷说：“你认识他吗？”

苏岩说：“我当然认识了。”

婷婷说：“既然认识，那我现在就过去……”

苏岩说：“不行。”

婷婷说：“怎么不行？”

苏岩说："这……太……"

婷婷说："哥，你直说吧，这对你有没有用吧？"

苏岩说："有用肯定是有用，可是……"

婷婷这时却变得大义凛然："既然有用，那我现在就去帮你把他拿下。"

－4－

苏岩点了一桌子菜。

婷婷说："太浪费了，就咱们两个人，根本吃不了。"

苏岩说："吃不了，摆在这儿好看。"

婷婷说："看起来，你今天感觉很高兴啊。"

苏岩说："不光高兴，其实，我是……没想到。"

婷婷说："没想到什么？"

苏岩说："没想到你能为我做这种事儿！"

苏岩说话的语气很庄重，婷婷回答时也变得很庄重。

婷婷说："我知道你现在非常想把孙俊、薛树波这些坏人都抓起来。哥，你是个好警察，我一个小女子能为你尽点力，这是我的荣幸！"

－5－

夜风轻轻地吹着。

苏岩开着车，行驶在黛色的夜幕里。

某个瞬间，苏岩以为坐在身边的不是婷婷。

婷婷说："你在想什么呢？"

苏岩说："我在想怎么感谢你呢呗！"他给婷婷准备了一个大信封，怕婷婷拒绝，苏岩开始说自己的家庭条件多么多么好。

苏岩说："我是有钱人。"说完，他就从包里拿出那个大信封。

婷婷接过信封，看了看，接着又塞进了苏岩的包里。

婷婷说："你要是给钱，你在我心里就不值钱了。"

苏岩有点儿难堪，"婷婷，你别误解，我就是想……"

婷婷岔开话题，"哥，你刚才说你家里条件那么好，那你能告诉我，你是怎么想起去当警察的吗？"

苏岩说："我从小就想当警察呀！"

苏岩滔滔不绝地说了起来，婷婷听得很认真，不时地问这问那。

苏岩说："知道吗？我当时的高考成绩可以进人大。但我压根儿没报，我志愿里就俩，一个是警院，另一个是警校！分高我就进警院，分低我就进警校。总之吧，为了当警察，我什么都豁出去了……"

婷婷说："那当了这么多年警察，你后悔吗？"

苏岩说："当警察是我儿时的梦想，我永远都不会后悔！"

婷婷说："哥，我也有梦想。"

苏岩说："你也有梦想？那你的梦想是什么？"

婷婷没说，她岔开话题：“哥，明天我要去北京了！”

苏岩说：“去北京干吗呀？”

婷婷说：“我去实现我的梦想。”

– 6 –

婷婷不想说自己的梦想，苏岩也不想去问。不想说往往会涉及秘密。

苏岩现在对秘密很排斥，杜娟的秘密已经让他疲惫不堪。

知道了女人的秘密后果太严重，苏岩快承受不起了。

结婚前，杜娟找他，因为不知内情，苏岩感到的是刺激；可结婚了，杜娟还来找他，苏岩感到的是恐惧。

杜娟给苏岩打电话：“我想你。”

苏岩把电话按了。

杜娟把苏岩堵在了办公室里。

当时，办公室的门都没锁，杜娟就要搂苏岩。

苏岩说：“你疯了吗？”他打开了办公室的门，几乎用哀求的口吻，“求求你了，赶紧走吧。”

杜娟说：“我走可以，那你今后必须要接我的电话。”

– 7 –

杜娟的电话打来时，已经是晚上了。

杜娟说：“你干吗呢？”

苏岩说：“我在睡觉。”

杜娟说：“刚几点啊，你就睡觉。”

苏岩说：“我困了。”

杜娟说：“现在到我家来。”

苏岩说：“干吗？”

杜娟说：“他找你。”

– 8 –

杜娟的家是大三室，得有 130 平方米。这在当时也算不错。

家里的装修只能说过得去。

杜娟领着苏岩把每个房间都参观一遍，“我要好好装修，他不让。”

苏岩说：“他是领导，装修太好，会影响不好。”

来到卧室时，杜娟抱住了苏岩。

苏岩坚决地推开。

杜娟说：“你摸摸我。”

苏岩说：“你自己摸吧！”

杜娟说：“我自己摸不刺激。”

苏岩说："你到医院去看看吧，你百分之百是性亢奋。"

杜娟还要往苏岩跟前靠，"你才性亢奋呢！哎，说真的，你现在不刺激吗？"

说真的，苏岩现在没一点儿刺激。

为了搞案子，他什么都敢干！可为了搞破鞋，他真的什么都不敢干。

当警察这么多年，他看得太多了。赌博出贼性，奸情出人命！

苏岩说："杜娟，如果你还想刺激，那我现在就去找你老公。"

杜娟说："你找他干吗？"

苏岩说："我要把我和你的交往一五一十地全都告诉他！"

这些话，苏岩说得严肃而认真。

杜娟紧张了："你疯了？"

苏岩说："是的。我疯了，但这是你逼我疯的。"

杜娟说："你别冲动，我和你的事儿，他不会发现的。"

苏岩说："他不会发现，难道别人还不会发现吗？杜娟，我正式警告你……"

杜娟说："行了，不用警告了。今后我不找你就是了，现在你走吧！"

苏岩说："现在我不能走。"

杜娟说："你什么意思？"

苏岩说："我进来的时候，已经有人看见了，我这么走了，黄亦工知道会有想法，所以，现在我还不能走。"

杜娟说："那……你想怎样？"

苏岩说："你给黄亦工打电话，就说我来找他有急事儿！"

－9－

苏岩说："黄区长，实在是抱歉，来之前，我应该给您打个电话。"

黄亦工说："你打电话，我也得把你约到家里，什么事儿，说吧！"

苏岩说："明天一早，我们就要采取行动了，现在，您能不能给我做个批示？"

黄亦工说："什么批示？"

苏岩打开了包，"您曾经交给我一些举报信，您还记得吧！"他拿出了一个信封，递给黄亦工。

黄亦工打开后简单地看了看，"你这什么意思？"

苏岩指着信封："您再好好看一看，这个信封是真的，但这个信是我写的！"

黄亦工这才认真地看了起来。

尊敬的领导：

我现在向你们反映我们党内的一个败类，他就是银行副行长薛树波。

这是一个生活腐化堕落的人，这些年，他利用手中的职权，为自己大捞好处。他为帝豪夜总会贷款300万，得到回扣50万。帝豪夜总会得到贷款后，买楼和装修花了不到180万。等到贷款期限到了之后，夜总会以没有钱还银行为理由，要求银行收回抵押的这个房产。在这个过程中，薛树波勾结有关人员将这栋不超过180万的夜总会高价评估达到700万，最后夜总会不仅不用还贷款，银行又返给了夜总会巨额差额款。

为此，薛树波得到了大笔好处。他利用这些钱过着花天酒地的生活。他天天要女人，林河市卖淫的小姐几乎没有不认识他的。

这样一个腐败分子，我希望你们伸出正义之手，尽快把他抓起来，对他审判，给人民一个公正的交代。

一个正直的共产党员

黄亦工说：“这个举报信，你为什么要亲自写？”

苏岩说：“因为举报的这个人，他自己不敢写。”

黄亦工说：“这种信你常写吗？”

苏岩说：“这是第一次。”

黄亦工又看了看举报信，“涉案金额太少了，才几百万。”

苏岩说：“我是故意的，这么做，我是要保护线人。”

黄亦工说：“这个线人提供了重要证据？”

苏岩说：“是的。”

黄亦工说：“可这个线人举报的是薛树波。我们要查的是孙俊。”

苏岩说：“直接查孙俊会很麻烦，我们要吸取上次的教训，这个薛树波与孙俊存在直接利益关系，查了薛树波，再查孙俊易如反掌。”

黄亦工说：“那这个薛树波，你打算怎么查？”

苏岩说：“查薛树波要采取特殊手段，我不方便向您汇报。”

黄亦工说：“那你需要我做什么？”

苏岩指着那封举报信，“我希望你把这封信，批给我们公安局。”

黄亦工说："不妥吧！信的内容是涉及腐败，批的话，我也应该批给检察院啊。"

苏岩说："你可以把涉嫌'非法贷款'这个罪名写上，这样的话，你批给我们，就名正言顺了。"

黄亦工有些不满："你可以把这封举报信拿给你们陈局，让他批呀！"

苏岩说："拿给陈局，陈局肯定不批。"

黄亦工说："为什么？"

苏岩说："因为我采用了特殊的手段。"

黄亦工说："你这个特殊的手段是不是违法了？"

苏岩说："违不违法看怎么说，我这么做只是为了获得合法的证据。"

黄亦工看着举报信，抽着烟琢磨着。

苏岩找黄亦工是故意的。上次查孙俊，黄亦工两面装好人。这次查孙俊事关重大，苏岩不想把压力都推给自己的局长。

黄亦工说："这么晚了到我家来，你就是想逼着我签字，是吗？"

苏岩说："黄区长，您别误会，您要是觉得……"

黄亦工说："苏岩，就问你一句，这次我签字了，你能把孙俊拿下吗？"

苏岩说："百分之百。"

黄亦工拿出笔，迅速地写下：

转市公安局凯鸣局长：

此信中反映的最大问题是非法贷款，希望给予查清，并坚决打击。

黄亦工

– 10 –

第二天，苏岩和叶建林把举报信及黄亦工的批示，一起交给了陈凯鸣。

苏岩简单地说了说侦查所获得的证据：“这次是银行内部有人向我提供了重要线索。”

陈凯鸣很兴奋：“这么说，通过查薛树波就可以直接查孙俊了？”

苏岩说：“是的。”

陈凯鸣看了看举报信及黄亦工的批示，“这个案子市里领导现在也非常重视，既然有人向区里进行了举报，那你们就好好查一查，争取这次查个水落石出。”

陈凯鸣拿出笔，在举报信空白处写下：

转经侦大队：

按领导指示，迅速查办。

陈凯鸣

– 11 –

拿到了陈凯鸣的批示，苏岩才把证据是如何获取的告诉了叶建林。

叶建林说：“这些你刚才应该和陈局说清楚啊。”

苏岩说："和陈局说清楚，陈局还能让我们查吗？"

叶建林说："不让查就先等等呗！"

苏岩说："你想等到什么时候啊？现在区里比我们还急……"

叶建林说："急让他们去查啊！"

苏岩指着举报信上的字："你没看见吗，这儿有黄亦工的签字，出了问题，他得负责。"

叶建林说："他能负什么责啊？他这是正常签批！"

苏岩压低声音："举报信上的内容是腐败，他应该签给检察院！"

叶建林说："你这是在玩什么呀？"

苏岩说："我什么都没玩，我是怕黄亦工把我玩了。"

苏岩简单地说了，上次在查孙俊时，黄亦工如何两面装好人，以及昨晚他是如何到黄亦工家里的。

叶建林说："你这么干，有点儿过了。黄亦工会对你有想法。"

苏岩说："我不这么干，他对我也会有想法。"

叶建林说："苏岩，咱们只是正常搞案子，你没必要陷入黄亦工和陈局之间的矛盾中！"

苏岩说："我一个小副科员，我有什么资格陷入他们之间的矛盾里！大哥，你想多了，我这么做还真是为了搞案子！"

叶建林狐疑地看着苏岩。

苏岩说："孙俊和黄亦工的关系不一般，这次黄亦工却主动让我去查孙俊，我怕这里有什么猫腻，我让黄亦工签字，也是看看他是不是真心让我们去查！"

叶建林拍了拍苏岩的脑袋，"他妈的，将来咱们的公安局局长应该不会是黄亦工！”

苏岩说：“那会是谁？”

叶建林说：“是你！”

– 12 –

银行的大楼很高，当时是林河市最高的大楼。

到了银行门前，叶建林问苏岩：“大楼盖这么高，你说，银行哪来这么多钱啊？”

苏岩说：“银行的钱都是银行自己印的，要多少不得有多少啊！”

叶建林说：“也是。”

上次，抓孙俊的一个会计，苏岩、叶建林带着一帮警察。结果，没多久，会计就被放了。这次他们吸取了教训，一个警察都没带。

苏岩还有点儿担忧，“你说银行的会不会也像化工厂似的把咱俩围起来？”

叶建林说：“绝对不会。”

苏岩说：“为什么？”

叶建林说：“化工厂的都是下岗职工，银行的都有班上，他们围我们警察干吗呀？工作他妈的不要了！”

苏岩说：“穿鞋的怕光屁股的，是这个道理吗？”

叶建林说：“是这个道理。”

－13－

进了办公室，苏岩和叶建林坐在了薛树波对面的椅子上。

薛树波眼皮没抬：“什么事儿，快说，一会儿我要开会。”

叶建林说：“你要开什么会？”

薛树波这才抬眼看到叶建林和苏岩：“你们来干吗？”

叶建林说：“到你这儿参观参观。”

薛树波说：“我这儿很忙，请你们到外面去参观。”

银行的领导都怕检察院，对警察根本不在乎。

苏岩说：“你是个大傻逼。”

薛树波蒙了。

苏岩指了指周围，“你这个办公室是我有生以来见到的最大、最好的。你一个副行长，比你们行长的办公室都大都好，薛树波，你说你是不是大傻逼？”

叶建林也说：“老薛啊，你确实是个大傻逼，你想，任何一个比你大的领导走进了你的办公室，他会是什么心情？换成我是领导，我肯定会让人来好好查查你！”

薛树波头上的汗下来了，他终于客客气气地说：“二位，想喝什么茶？”

叶建林说：“现在，你才想让我们喝茶？”

苏岩也说：“还喝你妈了个逼茶！赶紧的，跟我们走，到公安局去喝茶吧！”

－14－

把薛树波带回来不久，黄亦工就把电话打给了苏岩：

“抓薛树波为什么不能秘密点儿？”

苏岩说：“薛树波是银行的副行长，秘密抓他，银行会以为他被绑架了，我们没法秘密……”

黄亦工说：“由于你们没法秘密，现在孙俊让我陪着他去找你！”

苏岩说：“找我干吗？”

黄亦工说：“还能干吗，走后门呗！”

苏岩说：“你走后门是做个样子，是吗？”

黄亦工说：“我去不能只做样子，我得去批评你！”

苏岩说：“批评我干吗？”

黄亦工说：“领导走后门不都采用批评的方式吗？”

苏岩说：“那是。”

黄亦工说：“你要有点儿准备，我可能会批评得挺狠。”

－15－

黄亦工的确挺狠，当着孙俊的面，就质问苏岩：“你凭什么抓薛树波？”

苏岩说：“黄区长，您不要误解，不是我要抓薛树波，是公安局……”

黄亦工说：“不要拿公安局说事儿，苏岩，我认为就是你要抓薛树波。”

苏岩说："我为什么要抓薛树波？"

黄亦工看了看孙俊，才对苏岩说："为什么抓薛树波，你心里清楚。"

如此话里有话，即便是演戏，苏岩也很不高兴："黄区长，我抓薛树波是因为有领导的批示。"

黄亦工针锋相对："有批示，在哪儿呢？我看看。"

苏岩也没客气，直接拿出了那封有黄亦工签字的举报信。

黄亦工接过来看时，孙俊也把脸凑了过来。

黄亦工的手有些哆嗦。

苏岩心里暗笑。

事先，苏岩已经把举报信压出了褶，黄亦工的批示被遮住了。

苏岩指着举报信："黄区长，你看到了吧，不是我们公安局要抓薛树波，是因为有领导做了批示。"

黄亦工指着举报信，却说："拿着这样的举报信，去找领导，我相信，任何领导都会批示的。"

苏岩说："黄区长，您这什么意思？"

黄亦工说："这个举报信是哪儿来的？"

苏岩有点儿毛了，"举报信当然是我收到的！"

黄亦工步步紧逼，"什么时候收到的？在哪儿收到的？"

苏岩只好说："黄区长，难道你认为，这封举报信是我自己写的吗？"

黄亦工说："对，我就是这么认为的！"

－16－

苏岩十分不满："黄区长，你这不等于揭我底儿吗？"

黄亦工说："你小点儿声！"他把苏岩拉到走廊深处，多少有些歉疚，"你自己写举报信，孙俊已经猜到了。"

苏岩说："猜到就猜到呗，只要你不说出来，孙俊得干瞅着！"

黄亦工说："他这种人能干瞅着吗？孙俊不光认识我，他认识的领导多了。即便我不说，别的领导也会来说。如果对这个质疑你解释不了，苏岩，这个案子你会很难办！"

黄亦工说得一点儿没错。

当时，林河走后门很凶，如果孙俊真的找来硬实领导质疑苏岩，案子不是会很难办，是有可能办不下去。

苏岩说："那现在怎么办？"

黄亦工说："案子是你办，你却问我怎么办？"

苏岩说："我办不了！"

这句话，苏岩说得很平静。

黄亦工指着苏岩的脑袋，笑呵呵的，"你肯定事先准备后手了！"

－17－

林河市公安局经侦大队：

举报信内容经总队三处初步侦查，被举报人薛树波确涉嫌非法贷款。此案重大，涉案人员较多，侦办时须全力，须谨慎。建议向有关区、市领导通报，以便得到支持。

……

苏岩指着传真，“这是昨天下班时，省厅经侦总队发来的，正式函走机要最晚后天就能到。”

黄亦工看着盖有公安厅经侦总队印章的交办函。虽然他认为苏岩绝没伪造这个交办函的胆量，但他还是看得很仔细。

文头有正式编号，印章也确实盖在了年月日上。经过认真核实，黄亦工才对苏岩说:“昨晚，一收到这个传真，你就去找我了，对吗？”

苏岩说:“对呀。”

黄亦工说:“那这个传真，你为什么不给我看？”

苏岩说:“这是我们内部机要件……”

黄亦工指着传真，“这上面明确建议向有关区、市领导通报，你向我通报了吗？”

苏岩琢磨着如何回答时，黄亦工忽然压低声音:“局里有人不让你向我通报，对吗？”

苏岩答非所问:“我把举报信直接交给你了，这不是比通报更重要吗？”

黄亦工点了点头:“这的确非常重要。”他拍了拍苏岩的肩膀，“谢谢你了，小老弟。还记得，我曾经说过的那句话吗？”

苏岩说:“哪句啊？”

黄亦工重复了一遍:“如果我有幸到公安局来工作，我一定重用你。”

－18－

黄亦工陪孙俊来时，是一脸的凝重。但那凝重是装出来的。这次拿着公安厅交办函时，他脸上的凝重完全是内心真实的映照。

黄亦工把交办函递给孙俊时，手都有些哆嗦。

黄亦工的手哆嗦了，孙俊的心也跟着哆嗦了。

孙俊看交办函不像黄亦工看得那么细，他只是问："这什么意思？"

黄亦工说："这个意思就是，公安厅已经介入了。"

孙俊说："介入就介入呗！公安厅你不是也有认识的吗？"

黄亦工说："认识又能怎么的？公安部我还有认识的！这次认识谁都没用了。"

黄亦工只是简单扼要地说了问题的严重性，孙俊就完全傻眼了。

黄亦工问他："薛树波知道你什么吗？"

孙俊没吱声。

黄亦工不高兴了："你哑巴了？"

孙俊这才说："从现在起，我就开始装哑巴管用吗？"

黄亦工说："这次装死人可能他妈的都不管用了。"

两个人谈着是装死人还是哑巴的时候，门忽然开了。

苏岩、叶建林一起走了进来。

苏岩拿着手机，递给了黄亦工，一脸严肃。

黄亦工接手机时，问："谁呀？"

苏岩小声地说："领导。"

黄亦工急忙接过手机，"您好，我是黄亦工……"

黄亦工边说边离开了房间，苏岩也跟着离开了房间。

孙俊则不知所措地看着叶建林。

此时的叶建林拿着手铐，来到了孙俊的面前，向他示意了一下。

孙俊犹豫了一下，就伸出了双手。

叶建林给孙俊戴上手铐，说：“孙总，咱们得换个屋儿。”

– 19 –

叶建林把孙俊带到了审讯室。

孙俊坐在铁椅子里，傻呆呆地看着叶建林。

叶建林说：“咱们谈谈呗！”

孙俊没吱声，现在他确实要装哑巴了。

叶建林一点儿没介意，如果孙俊不装哑巴，他还真没什么好谈的。

苏岩让黄亦工假装接到了领导的电话，然后直接给孙俊戴上手铐，开始叶建林不同意这么做。

上次，给孙俊戴手铐引来了那么多大妈大叔围攻，叶建林心有余悸。

但黄亦工同意苏岩这个做法：“我可以先帮你们吓唬吓唬孙俊。”

黄亦工是孙俊的好朋友，他吓唬孙俊事半功倍。

果然，此时的孙俊坐在铁椅子里已经被吓得一句话也不敢说。

叶建林假装很着急：“孙总啊，就说两句，行吗？”

孙俊看着叶建林，仿佛死了一样。

见孙俊什么也不说，叶建林便什么也不问。只是他似乎很不高兴，一直用眼睛狠狠地瞪着孙俊。

– 20 –

审讯室的隔壁是监控室。如果不打开监控设备，在监控室里听不到审讯室里的声音。但通过一扇特殊的窗户，可以清楚地看到里面。

孙俊戴着手铐进来，叶建林瞪着眼睛，孙俊吓得面无人色的这些画面，坐在监控室里的薛树波全看到了。

当然了，让他看到是故意的，但薛树波却认为他是偷偷地看到的。

那扇窗户上挂着窗帘，窗帘露出很小一条缝。

通过这条小缝能刚好看到刚才审讯室里的那些画面，要处在一个特殊角度。

为了这个角度，苏岩事先进行了多次演练。

薛树波以为自己是偷偷看到的，恰恰是苏岩想要的效果。

薛树波看到了孙俊也被戴着手铐抓了进来，他的表情明显有了变化。

薛树波之流不是职业罪犯，仅仅戴上了手铐，他的内心变化就开始写在脸上。

苏岩说：“知道为什么抓你吗？”

薛树波说：“我不知道。”

一个耳光猛地落在了薛树波的脸上。

薛树波蒙了。

打人不打脸，对付薛树波这种平时高高在上装逼的，耳光格外管用。

苏岩说："这回知道了吗？"

薛树波说："我……不知道。"

薛树波确实不知道，但第二个耳光又不期而至。

这比刚才更狠，薛树波差点儿被扇到地上。

薛树波用戴着手铐的手捂着脸。

苏岩指着："把手拿下去。"

薛树波拿下手，胆怯地看着。

苏岩说："这回知道了吗？"

薛树波这回既不敢说知道，也不敢说不知道。他只好什么都不说。

苏岩说："和我装哑巴是吗？薛树波，那你就不要怪我了啊，你这可是给脸不要脸！"

薛树波以为苏岩还要扇他，急忙用手捂住了脸。

但苏岩压根儿没打脸。他从兜里拿出了根绳子，给薛树波上了一绳。

怕薛树波嘴硬，苏岩原打算时间稍微长点儿，可没多一会儿，薛树波就跪在了地上："你想问什么，你就直接问，我……受不了！"

苏岩说："这你就受不了啊，这才哪儿到哪儿啊！"

苏岩把绳子调整好，给薛树波结结实实地上了一绳。

薛树波疼得很快尿了裤子："兄弟啊，行了吧，我快拉裤子了！"

苏岩说："你敢！你要是拉出来，我他妈的就让你全都吃进去。"

– 21 –

薛树波是真怕苏岩让他吃进去，他硬是把即将喷出来的屎生生憋了回去。

如果薛树波上来就质疑苏岩为什么抓他，苏岩反倒不会对薛树波这么狠了。

理直气壮者往往内心都很坦荡。

对这样的人，警察是不敢打的。

警察绝不敢打无辜者。

打错了饭碗没了不说，稍微严重点儿就会被判刑进了监狱。

苏岩敢打薛树波，是因为薛树波的表情已经充分告诉了苏岩：打我吧，我他妈的真的犯罪了。

– 22 –

苏岩正收拾薛树波时，叶建林进来了。

薛树波以为叶建林是领导会制止，没想到叶建林跟没看见一样。

苏岩问叶建林："你那边怎么样？"

叶建林摇了摇头："你这儿还有绳子吗？"

苏岩找出一条："他怎么个情况？也装哑巴？"

叶建林说："哑巴他没装，但他老装牛逼。"

苏岩笑了："那我过去吧。我专门收拾装牛逼的。"

苏岩拿着绳子离开了房间。

此时的薛树波百分之百认为苏岩去打孙俊了。

其实，没有。

苏岩敢打薛树波，但绝对不敢打孙俊。尽管孙俊的脸上同样写着："打我吧，我他妈的真的犯罪了。"但仅仅脑门上写着欠打，警察也不会随便打的。

欠打只是必要条件！

犯罪证据才是充分条件。

苏岩打薛树波是知道薛树波百分之百会坦白交代，可对孙俊，苏岩可没这个把握。

所以，苏岩去打孙俊是在演戏，是要给薛树波看的。

苏岩拿着绳子走了以后，怕露馅儿，叶建林就坐在了薛树波的对面。这个角度，刚好挡住了窗帘的那条缝隙。

薛树波戴着手铐坐在椅子里，紧张地看着叶建林。

叶建林说："你谈得怎么样了？"

薛树波说："我……也不知道谈什么呀！"

叶建林并不清楚苏岩到底掌握了哪些证据，他也不便谈太多，就说："你不知道谈什么，那你知道为什么挨揍吗？"

薛树波说："知道，我挨揍是因为我和你们装牛逼！"

叶建林扑哧笑了，"薛树波，你就在这儿跟我装疯卖傻吧，一会儿，看苏岩怎么收拾你！"

薛树波还想继续说些什么，但叶建林根本不理他。

叶建林拿起一本小说津津有味地看着，似乎薛树波对他无关紧要。

大概过了一个小时，门开了。

苏岩满脸兴奋地走了进来。

见状，叶建林急忙也满脸兴奋地问："怎么样？"

苏岩压低声音:“拿下了。”接着，给叶建林使眼色，意思让他赶紧过去。

叶建林向外喊着:“潘凯！”

膀大腰圆的潘凯走了进来:“什么事儿，叶大队。”

叶建林指着薛树波:“看着点儿他。”

潘凯说:“是。”

苏岩、叶建林兴奋地走了出去。

薛树波估计孙俊应该是被苏岩打出屎了，就开始什么都交代了。

薛树波耷拉着脑袋，很想通过那个窗帘上的小缝向隔壁的审讯室看看。

可惜，潘凯站的位置，又把那个小缝给挡住了。

– 23 –

苏岩和叶建林给薛树波的感觉是他们接着去审孙俊了。

其实，没有。

这个时候，还没有拿到关键证据，贸然地去审孙俊，反而容易审夹生。另外，把嫌疑人先晾晾也是策略之一。

既然没谁可审，苏岩和叶建林就回办公室下起了棋。

黄亦工因为要配合审孙俊始终没走，他在旁边不停地为苏岩支招。

中午，杜娟买来了很多好吃的，饺子、包子、馅儿饼、肠、狗肉，应有尽有。

几个人吃饭的时候，杜娟为他们拿水，递着一次性筷子。

苏岩很别扭，只能借着下棋，把这种难堪掩饰过去。好在杜娟也没多待，和黄亦工简单说了几句话，就匆匆离开了。

– 24 –

晚上快下班了，苏岩才开始正式审讯薛树波。

此时的薛树波早已浸泡在自己不断涌出的汗水里。

苏岩不像开始那么凶了，完全一副公事公办的样子。

苏岩说:“薛行长，问几个简单的问题，希望你能如实回答。”

薛树波说:“我一定我一定。”

苏岩打开小本，看了看:“帝豪有笔贷款 300 万是你帮着贷的吧？”

薛树波说:“是。”

苏岩说:“这笔钱你们银行收回时，不要本金不说，又补给帝豪将近 300 万，对吧？”

薛树波傻了，如此秘密的信息，警察张口就说，显然，孙俊已经出卖他了。

薛树波辩解着:“帝豪用贷款买了楼，还款时，楼升值了……”

苏岩说:“楼升值了，把楼卖了直接还贷款不就完了，干吗你们银行还给帝豪钱啊，这不等于你们把帝豪买下了吗？”

薛树波说:“苏警官，当时对帝豪进行了评估。”

苏岩说:“哪里来的评估的？北京激情岁月公司，是吗？”

薛树波说："是。"

苏岩说："这里的猫腻，你清楚吗？"

薛树波犹豫着。

苏岩说："问你话呢，你要清楚，你就赶紧说，不清楚的话……"

薛树波说："我清楚，我可以详细说。"

苏岩说："详细就不用说了，你清楚我也清楚。现在呢，我要问问你那个防空洞的贷款。"

薛树波彻底傻眼了，这可是要命啊！

苏岩来到了薛树波的跟前："薛树波同志，我只能给你一次机会，明白吗？"

薛树波没吱声。

苏岩用手指着："那笔贷款上亿，对吧？国家损失了这么多钱，至少得毙一个，对吧！薛树波，你现在是一脚门里一脚门外。态度好，你就是死缓或者无期，态度不好，那你就去见阎王吧！"

薛树波小声地问："他都交代了，是吗？"

苏岩故意装傻："薛树波你不要管别人交不交代，你想立功，你先交代你自己的……"

薛树波说："孙俊把责任都推给我了，是吗？"

苏岩继续装傻："不要再问了，听见没有，这我不知道！"

苏岩也真不知道，他在等着薛树波交代完，再以此去审孙俊呢。

苏岩的这种含而不露的表现，把薛树波弄崩溃了。他的手开始哆嗦了。

看到薛树波的手哆嗦了，苏岩的心也跟着开始哆嗦了。

虽然胸有成竹，可毕竟他只知道诈骗贷款上亿这个线索，这个案子关键的证据，是要通过涉案嫌疑人的交代才能获得。

如果薛树波不说，这个案子就会非常麻烦！

薛树波说：“我交代了，就能活下去吗？”

苏岩假装叹了一口气：“你现在认为我在忽悠你，是吗？”

薛树波看着苏岩的眼睛。

苏岩也看着薛树波的眼睛。

过了一会儿，苏岩又叹了一口气：“实话告诉你吧，今天虽然抓了你，但我们的目标不是你。我知道，你有把柄被孙俊捏在了手里，有些事儿你不得不做，对吧？”

薛树波急切地点着头。

苏岩说：“孙俊上次让人围攻了派出所，知道吗？”

薛树波说：“知道。”

苏岩说：“你是国家干部，你知道这个问题的严重性吗？”

薛树波说：“知道，当时我还骂孙俊呢！”

苏岩说：“你是怎么骂的？”

薛树波说：“我骂他这么干等于抗拒政府……”

苏岩说：“薛树波，既然你能够认识到孙俊问题的严重性，我就给你个机会吧。为了证明我的诚意，我让你听点儿你不知道的。”

苏岩打开了一个很大的包，里面堆满了那种小型录音带。苏岩认真地在里面找出了两盘。当然了，这么多的录音带只有这两盘才有内容。

一盘还没听完，薛树波就给苏岩跪下了，“我说我说我全都说，但我有个条件！”

苏岩说：“什么条件？”

薛树波说：“把我父亲的这盘销毁，可以吗？”

苏岩说：“只要你说的让我满意，你父亲这盘和你本人这盘，我会通通销毁！”

薛树波说：“我怎么相信你？”

苏岩说：“不要和我讨价还价，薛树波，现在除了相信天相信地，剩下的，你就只能相信我！”

– 25 –

诈骗贷款上亿与诈骗贷款300万的原理差不多。

孙俊要在银行贷款1.3亿，需要至少价值5亿房产的抵押。于是，孙俊就通过关系买了一段“防空洞”。

很多年前，为了防止美帝国主义和苏联修正主义的进攻，东北很多地方修了很多的防空设施。

这些设施投入了国家大量的人力物力，如果按照其成本去估值，的确可以估出天价。

于是，孙俊进行了周密的运作。他花了不到100万买来了这样一段防空设施。防空设施经评估，估出了5.7亿的天价。

– 26 –

陈凯鸣说："孙俊用这所谓高价评估出来的防空洞，一共贷了多少款？"

苏岩说："1.3 亿。"

陈凯鸣说："这相当于用 100 万骗来了 1.3 亿，是吗？"

苏岩说："是。"

陈凯鸣说："关于此案的相关证据都搞到了吗？"

苏岩说："搞到了。"

陈凯鸣很高兴："这么说，这个案子已经破了？"

苏岩说："这个案子是破了，但新的案子又来了。"

陈凯鸣说："什么新案子？"

苏岩没直接说："事先我已经估计到，会顺利地拿下薛树波的口供，但顺利到这个程度，完全超出我的想象。"

陈凯鸣狐疑地看着苏岩。

苏岩尽可能平静地说着："薛树波应该是崩溃了，该说的说，不该说的也说。与此案有关的说，与此案无关的也说……"

陈凯鸣有点儿着急，"他都说了什么？"

苏岩想了想："他说了很多很多，但主要都是行贿受贿和领导干部腐败！"

陈凯鸣倒显得很平静，似乎他已经预料到了。

苏岩说："现在我才明白过去您为什么不想搞这个案子。陈局，这个案子，现在我也没法往下搞了。涉及的腐败案子，有的比诈骗贷款还重……"

陈凯鸣说："涉及的领导干部多吗？"

苏岩说："多！区里、市里都有，这个案子，有可能要把林河的天给捅漏了。陈局，我们赶紧把这个案子交到市里吧！"

陈凯鸣说："那你认为交到市里哪儿呢？是市检察院还是市纪检委？"

苏岩又不吱声了。

陈凯鸣看着苏岩，压低声音："涉及黄亦工了吗？"

苏岩摇了摇头："没有。"

陈凯鸣松了一口气："没有他，就好办多了！"

苏岩说："陈局，是好办多了。这也从另外的角度解释了黄亦工为什么敢这么积极帮我查这个案子！"

陈凯鸣抽着烟，没吱声。

苏岩说："那接下来，您看该怎么办？"

陈凯鸣说："第一，把相关证据整理好；第二呢，你和你们叶大队好好商量商量。"

– 27 –

苏岩说："陈局让我和你商量商量。"

叶建林没吱声。

苏岩又说："陈局估计也感到为难了，叶大队，这个案子，的确不太好往下搞了。"

叶建林还是没吱声。

苏岩说："你哑巴了？"

此时，叶建林的脸色像死人一样，他皱着眉头，狠狠地抽着烟。

苏岩说："你别为难，不管怎么说，咱们经侦破了个上亿的惊天大案……"

叶建林说："老弟，你知道黄亦工为什么要帮咱们查孙俊吗？"

苏岩说："怎么了？神神秘秘的。"

叶建林说："黄亦工帮咱们查孙俊，目的是想整死孙俊。"

苏岩说："怎么个整死法呀？"

叶建林说："刚才，他逼孙俊自杀来的。"

– 28 –

怕薛树波不交代，苏岩当时希望黄亦工能帮着审孙俊。后来，薛树波交代了那么多，苏岩就不想麻烦黄亦工了。

可黄亦工一直在经侦陪着，也不好把他撵走。

苏岩就让叶建林陪着黄亦工下棋。

叶建林说："你去和陈局汇报后，黄亦工提出要去劝劝孙俊，我说不用，但他说了两次，我就只好陪着他一起去。刚开始谈不久，黄亦工找了个借口，把我支了出来。我有点儿不放心，就在门口偷听了一会儿。"

苏岩说："那他是怎么逼迫孙俊的？"

叶建林说："不是那种直接逼，说得挺婉转。但我一听，就被吓得够呛。"

黄亦工对孙俊大致说了这样的话：薛树波已经把你全都交代出来了，现在谁也救不了你，孙俊啊，现在你应该考虑考虑你的老婆和孩子了！如果你将来被枪毙了，你的全部财产都得被没收。孙俊就问黄亦工，既然这样，那我该怎么办？黄亦工说，我也不知道该怎么办，当然了，现在你要是突发心脏病死在这儿，那一切就简单了。

叶建林只是简单地说了说，苏岩也快被吓出心脏病来了。

苏岩说：“孙俊要是死在这儿了，不仅案子搞不下去，咱俩也得跟着倒霉。”

叶建林说：“何止是咱们俩倒霉呀？经侦大队包括整个公安局都得跟着倒霉。”

苏岩说：“赶紧让人看着孙俊，他可别真的犯心脏病死了！”

叶建林说：“光看着没用，他要是真想死，怎么都会有办法。”

– 29 –

苏岩说：“黄亦工和孙俊谈了一次话，导致孙俊的情绪非常不稳定，他明显有自杀的倾向。”

陈凯鸣愣住了：“是黄亦工逼迫的吗？”

苏岩点了点头：“孙俊的手里应该有黄亦工的把柄，怕被出卖，黄亦工就铤而走险！现在看，黄亦工支持我们查孙俊，就是想通过我们达到杀人灭口的目的。”

陈凯鸣把茶杯猛地摔在了地上。

苏岩说：“陈局，现在该怎么办？”

陈凯鸣说：“把案子马上交给市里。我要建议市里成立专案组，全面进行调查。”

苏岩提醒陈凯鸣：“万一这个案子涉及市领导怎么办？”

陈凯鸣皱起了眉头。

苏岩说：“要不把这个案子先假装交给黄亦工？”

听了苏岩的计划，陈凯鸣说：“可以。”

– 30 –

没打孙俊也没骂孙俊，可此时的孙俊似乎比薛树波还要绝望。他呆呆地望着，呆呆地想着。

苏岩真担心孙俊现在就犯病死在这里。

苏岩说：“孙总，吃点儿东西吧！”

孙俊用戴着手铐的手抓住了苏岩的手：“老弟，真能把我枪毙吗？”

苏岩说：“枪毙你干吗？”

孙俊说：“薛树波已经把我交代了！”

苏岩推开孙俊：“放心吧，他把你交代了，你也死不了。”

孙俊说：“不要骗我了。”

黄亦工和孙俊说的这些话，如果让苏岩说，孙俊绝对不会信，但黄亦工说了，则完全不一样。

最好的朋友既能帮你也能毁你！

怕孙俊死在这里，苏岩只能好言相劝：“孙总，你到银行的金库里直接偷过钱吗？”

孙俊说："没有啊。"

苏岩说："如果没有，那你怕什么呀？"

当时的《刑法》只有盗窃金融机构才会判死刑，诈骗贷款之类，最多是无期。苏岩拿死刑忽悠薛树波，纯粹是为了拿下薛树波的口供。

在苏岩反复耐心的劝说下，孙俊的情绪好多了。

孙俊说："老弟，我谢谢你呀！"

苏岩说："不要谢我，黄区长一直在外面给你周旋呢。我估计，很快他就能帮你保外就医了。"

– 31 –

苏岩给黄亦工打电话："黄区长，有个情况要向您汇报。"

黄亦工说："我在外面有个小应酬，你到我家里先等会儿，可以吗？"

苏岩说："可以呀。"

苏岩到了黄亦工的家，只有杜娟在家。杜娟穿着睡衣，满脸妩媚。

杜娟说："他给我打电话说你要来。"

苏岩说："你不希望我来是吧？"

杜娟说："没有啊！"

苏岩说："你问问他到底什么时候能回来？"

杜娟感觉出了什么，马上给黄亦工打电话："苏岩来了……好的，好的，我知道了……那你少喝点儿啊。"

杜娟放下电话，伸出手搂着苏岩："他说至少要半个小时，他让我先陪陪你。”

苏岩反手搂着杜娟：“那他说没说让你怎么陪我呀？”

杜娟说：“别废话了，抓紧时间！”

苏岩怕留下痕迹，没脱衣服直接把杜娟摁在了沙发上。

杜娟说：“轻点儿，你弄疼我了。”

这之前，苏岩对黄亦工充满了歉疚，充满了惧怕，现在没有了。他对黄亦工只有愤怒！

这么大的领导干部竟然敢在审讯室逼迫嫌疑人去自杀！

苏岩要把愤怒通过杜娟发泄出来！

可杜娟一点儿没觉得苏岩这是在报复，她沉浸在高潮里时，竟然喊道：“苏岩，我爱你！”

– 32 –

黄亦工回来的时候，见苏岩独自站在门前正抽着烟。

黄亦工说：“你咋不在屋子里等呢？”

苏岩说：“我看杜娟困了。”

黄亦工说：“她困什么困，这孩子真不懂事儿！”

黄亦工说得严厉，进屋却摸着杜娟的脸蛋无比温柔地说：“困了吧……眼睛都睁不开了，先睡吧，不用等我，我和苏岩聊会儿啊！”

黄亦工进了客厅，还轻手轻脚地把卧室的门关好。

苏岩心里一阵阴暗地笑。

黄亦工开门见山：“这个案子怎么样了？”

苏岩也开门见山：“我想把这个案子交给您！”

黄亦工惊讶了：“交给我？”

苏岩拿出了那张举报信，“您不是签字让我们好好查查嘛，现在我们已经初步查完了……”

黄亦工说：“初步查完不行啊，你们得一查到底呀！”

苏岩说：“没法一查到底，薛树波交代了很多领导干部腐败的线索，这我们查不了……”

黄亦工说：“没让你们查腐败啊，你们查那个诈骗贷款啊！”

苏岩说：“那个诈骗贷款也查不了，金额上亿了，我们得交给省厅总队！”

黄亦工察觉出了什么，“到底出什么事儿了？”

苏岩犹豫好一会儿才说：“孙俊把头磕在桌角上了！”

黄亦工说：“是吗？”

苏岩说：“当时屋子里有警察看着，要不然，孙俊非死在审讯室。陈局、叶队都吓坏了……”

黄亦工说：“孙俊这是想自杀？”

苏岩点了点头。

黄亦工拍了一下自己的腿，“有可能是让我说的呀！”

苏岩装傻，“你都和他说什么了？”

黄亦工也装傻，“我就说薛树波把他供出来了。”

苏岩也拍了一下自己的腿，“黄区长啊，不是我说你呀，这个不应该说呀。”

黄亦工脸上整出了内疚，“其实说完我就有点儿后悔，但苏岩，我说的目的是想让孙俊赶紧交代呀！”

苏岩叹着气，黄亦工也叹着气，就这样，两个人你一句我一句说了好一会儿的屁话。

苏岩最终说：“孙俊出了不少血，现在他得保外就医！”

黄亦工说：“保外就医，你不怕他跑了？”

苏岩说：“他往哪儿跑？他有四个老婆六个孩子，还有那么一大堆房产，跑得了和尚跑不了庙。他要是跑，直接上网通缉！”

– 33 –

孙俊往桌角上磕了一下。

苏岩说：“不行，没出血。”

孙俊被黄亦工说完真想磕死，现在知道要放他，仅仅出点儿血也舍不得了。

孙俊说：“老弟，不用真出血吧！”

苏岩说：“你不真出血，我给你保外就医，我就有毛病了。赶紧的！”

见孙俊磨叽，苏岩抓起他的头，猛地磕了一下。

鲜红的血瞬间流了下来。

孙俊捂着头，对苏岩说：“老弟呀，你也太狠了。”

– 34 –

放孙俊虽然流了血，但孙俊完全配合。可放薛树波，苏岩费了不少劲儿。

按理说，既然有了证据，薛树波完全可以继续押着。但继续押着薛树波，就会让孙俊继续紧张继续防范，这对下一步的移交反而不利。

那时，一线警察经常这么做。正式押人前，怕有走后门的，故意先让嫌疑人回去，等手续都批下来，再把嫌疑人送进看守所。

苏岩以为，薛树波可能知道警察这个手法，就故意死活不走。

苏岩说："给你取保候审了，你赶紧回家吧！"

薛树波说："你别骗我了，你不可能让我回家。苏警官，刚才我又想起一件事儿，现在我继续交代，可以吗？"

苏岩说："不可以。"

薛树波说了太多，苏岩实在听不下去了。

薛树波说："我继续交代，你为什么不听呢！是不是我没救了，我将来还得被枪毙，是吗？你救救我啊！"

领导干部进了公安局就成这个逼样的，并不鲜见。

苏岩无奈，只好又给了薛树波一个耳光，直截了当地说："操你妈，孙俊已经被牛逼人保出去了，你听懂了吗？"

薛树波说："我听懂了。"

苏岩说："孙俊把你也保出来了，你听懂了吗？"

薛树波说："我听懂了。"

苏岩说："你进来后，我打你了吗？我骂你了吗？"

薛树波说："你没打我，也没骂我。"

苏岩乐了："这次你确实是听懂了。"

既然听懂了，苏岩就把关键的说了："那两盘录音带，我已经销毁了，所以，你出去后，不要和孙俊再提了，这个你听懂了吗？"

薛树波说："听懂是听懂了，但我有个条件。"

苏岩吓了一跳，"你有什么条件？"

薛树波说："苏警官，你能坐下来吗？"

苏岩说："我保证不打你了，什么条件你赶紧说！"

薛树波把苏岩扶在椅子上坐好，然后，跪下恭恭敬敬给苏岩磕了一个响亮的头。

薛树波说："这就是我的条件。"

– 35 –

放了孙俊，放了薛树波，黄亦工给苏岩打电话："聚聚呗？"

苏岩说："聚呗！"

还是在帝豪那个巨大无比的包房里。吃饭时，孙俊竟然热情高涨。他不时地拍着黄亦工的肩膀，反复说着："你是我的好兄弟，你是我的好兄弟！"

苏岩在心里不得不佩服黄亦工。都劝孙俊去死了，回头孙俊还说黄亦工是好兄弟。黄亦工得说多少豪言壮语才能把孙俊说成这个样啊！

热情高涨的孙俊不仅拍黄亦工的肩膀，也拍苏岩的肩膀，"这次我不怪你，省厅让你来查我，你有什么办法？但老弟呀，通过这个事儿，你要看清啊，我孙俊的朋友遍天下！”

怕孙俊演戏，苏岩故意说：“哥呀，低调点儿啊，毕竟你又进去了，是不是？”

可孙俊说：“知道我这次进去为何又能出来吗？”他搂着苏岩的脖子，“我是在银行里弄出了一个多亿，但银行并没有损失！知道吗，这个钱属于坏账了，将来银行再多印一个亿，就等于平账了。”

苏岩说：“这怎么能平账呢？多出的这一个亿，将来会造成通货膨胀的！”

孙俊说：“通货膨胀就通货膨胀呗！反正我赚钱了，银行又没损失不就行了呗。老弟呀，你别那么认真好不好？”

孙俊如此法盲，苏岩简直无语了。

这次喝酒，像往常一样，没人劝苏岩。但苏岩却没命地喝。

那天，喝完回到家，苏岩一头栽在了床上。

夜里，苏岩被胃部的剧烈疼痛弄醒了。

苏岩强忍着爬起来，到卫生间冲着坐便器，想都吐出来。可他浑身连吐的力气都没有。胃部的疼痛越来越厉害，苏岩将手指伸进嘴里，抠着嗓子眼儿。

呕吐终于开始了。

黏黏糊糊的各色液体从嘴里喷射而出。

呕吐引发的痛苦似乎减轻了胃里的剧痛。

苏岩坐在卫生间的地上，闭上眼睛，希望能再睡一会儿。但呕吐带来了痉挛，痉挛引发了更加剧烈的疼痛。

苏岩无奈，再次把手伸进嘴里，好让自己再吐出来。这次吐出来的只有无色的胃液了。

吐空了胃，苏岩终于感到胃里不那么疼了。这其实是用痛苦掩盖痛苦，如同用谎言掩盖谎言一样，最终还是无济于事。

天快亮时，苏岩实在忍不了，打车来到了医院里。大夫给他打了一针，说："这是急性胃肠炎引起的胃部痉挛，过一阵儿就好了。"

打完针，苏岩坐在医院走廊里的长椅上，再也没力气站起来。在昏昏沉沉中，他终于进入了梦乡，也不知睡了多长时间，苏岩醒来时，发现痛苦已经离他而去。

– 36 –

早晨上班，苏岩接到叶建林的电话："化工厂把市委包围了。"

苏岩开车差点撞到树上，"是……孙俊干的吗？"

叶建林说："百分之百是他！"

苏岩的胃部又开始痉挛了。怪不得孙俊昨晚说那些话，他是在麻痹自己呀！

苏岩说："那……现在怎么办？"

叶建林说："什么怎么办，你赶紧到市委，我马上就到了。"

苏岩开车赶到时，整个市委已经被群众堵住了。怕挨揍，苏岩没敢下车。

叶建林打来电话："我看见你的车了，你向西边看。"

苏岩透过车窗，才看到叶建林正大大方方地站在市委门口。

苏岩停好车走了过去。

叶建林说："刚才我听错了，他妈的不是化工厂，是加工厂。"

苏岩说："孙俊把加工厂整来了？"

叶建林说："这次和孙俊没关系。"

苏岩胃部的痉挛瞬间好了。

苏岩跟着叶建林走向市委西面的小门。小门有武警守着。两个人出示了工作证，才让他们进去。平时，进市委没有这么严，每次苏岩都不瞅武警，武警以为他在这里上班，也从来不拦苏岩。

苏岩跟着叶建林走进三楼小会议室。他们来得早，会议室只有几个人。过了大概半个小时，市委书记王学峰、副区长黄亦工、公安局局长陈凯鸣以及很多苏岩叫不上名字的市里领导先后进了小会议室。

会议只有一个议题：如何解决外面群众面临的困难。

外面群众是市里华风粮油加工厂的职工，这个工厂被一个南方人骗走了价值 600 万元的货物，导致企业停产，职工发不出工资。

这些职工围住市委的目的，是希望尽快抓获犯罪分子。

会议开了一上午，工人代表发言说："我们知道厂里困难。厂里效益好的时候，领导们整天吃吃喝喝。效益不好了，我们也没有埋怨工厂。我们这些穷工人，不想看厂里这个样子，所以，当工厂为了进原料让我们集资时，我们把压箱子底儿的钱都拿来了……现在就这么被人给骗了，你说，我们还怎么活呀！"

代表 50 多岁，边说边流着眼泪。

王学峰严厉批评了工厂的领导，并表示，这个月的工资将由市里解决。另外，他当场给陈凯鸣下了命令，半个月内务必追回被骗走的全部货款。

会上，陈凯鸣除了正常表态外，基本上没怎么说话。这么短的时间到南方追回这么多的货款，是不可能完成的任务。

第六章
CHAPTER 6 〉

－1－

广西恒昌饲料公司半年前在省日报上刊登广告，急需大量豆粕。市里的华风粮油加工厂看到广告，很快与他们取得了联系。

广西恒昌饲料公司的董事长王军很快来到了华风粮油加工厂。这个王军，40 多岁，西装革履，气度不凡，开口就要购买 3000 吨豆粕。加工厂乐坏了，但在签订具体合同时，王军却要先发货后汇款。

这个要求让工厂的领导很为难。他们既怕被骗，同时又担心失去这次为企业增加效益的机会。为慎重起见，工厂派销售人员到广西对王军所在的企业进行实地考察。销售人员先后考察了八个养猪场和两个饲料加工场。

加工厂的销售人员完全被王军设下的骗局所迷惑，当即和王军签订了销售合同。先给王军发了四车的豆粕，王军很快汇来了四车豆粕的货款。加工厂见王军这么守信，一方面放松了警惕，另一方面，这么大量的货物也不好一车一车地发，随即一次发走了 50 车价值 600 多万元的豆粕。

王军接到这些货物后，在火车站以低于市场价的价格就地处理了。

加工厂到广西深入调查才知道，王军的恒昌饲料公司早就注销了，那几个养猪场也不是王军的。

– 2 –

火车启动后，苏岩和叶建林摆起了象棋。这次到南方抓王军，应该坐飞机去。但加工厂穷成了这样，根本买不起飞机票。

正常来说，搞案子应该由公安局负责路费。可经侦常年到外地抓人，公安局也确实负担不起。既然为企业保驾护航，企业拿点儿差旅费也都正常。

平时，出去抓人这种活儿，叶建林、苏岩不用亲自去，但这次既然是市委书记下了命令，即便是做样子，叶建林和苏岩也必须得去。

苏岩、叶建林都不想去，孙俊的案件移交到省里，要做很多工作。可那个年代，经侦的首要工作就是为企业保驾护航，排忧解难。

叶建林对苏岩说：“既来之，则安之吧！就当咱们旅游了。”

– 3 –

餐车开饭后，跟着一起来的厂里的保卫科长李国民不想去。他说，餐车上的饭没法儿吃，他来的时候已经买了。说完，他从兜里拿出了香肠、面包等食物。

苏岩估计李国民这次没带多少经费，就说：“你别拿了，跟我们一起到餐车去吃！中午，我请客。”

叶建林问李国民：“你这次出来，带了多少钱？”

李国民说：“一万。”

叶建林说：“这么多人来，你就带一万？”

李国民说：“这一万还是厂里借的。”

－4－

倒了三次火车，用了60多个小时，才来到了王军所在的北流县。下车时，气温得有30℃，走在街上跟走进了桑拿室一样。

下车才早晨五点。那里是农村，没有出租车，只有三轮车。又坐了一个小时的三轮车，总算到了王军可能藏身的一个养猪场。这个养猪场很大。当时，气温已经上升到了40℃。

离养猪场不远，有两间废弃的猪舍。李国民说：“我们只能在这儿守着了。”

那时警察没有高科技，蹲坑守候经常这么干。可干是干，这次干实在是太臭了。猪舍里的气味被阳光照射后能把人熏倒。

李国民说：“我在这儿，你们先去宾馆，发现他了我再给你们打电话。”

叶建林说：“这么远都来了，万一让他跑了，就不划算了。”

苏岩偷着问叶建林："李国民这个情报准吗？王军能来吗？"

叶建林说："他来不来，咱们都得在这儿守着。"

叶建林这么说，苏岩就明白了。

这是要给李国民做样子！

这么大的案子破不了，警察再不吃点儿苦受点儿累，回去是无法交差的。

苏岩问叶建林："那咱们得在这个猪圈里蹲几天啊？"

叶建林说："做样子怎么的也得至少一个礼拜！"

苏岩过去搞案子很少吃这样的苦。

搞案子虽然要吃苦，但只凭吃苦绝对搞不了案子。

苏岩说："搞案子不是搞破鞋，在猪圈里蹲一个礼拜，你受得了，我可受不了。"

叶建林说："祖宗，你小点儿声，行吗？"

这里是山区，蹲到下午四点来钟，气温下去不少。可气温下去了，蚊子却上来了。

苏岩一直认为东北的蚊子可怕，现在来到广西，他的看法明显变了。

苏岩说："这他妈的是蚊子吗？"

叶建林说："应该是蚊子里的战斗机。"

天快黑时，一个人影出现了。

苏岩兴奋了。

可那个人走到了跟前，李国民却说："不是王军。"

苏岩说："李科长，这么晚了，是不是也得把他抓起来？要不然走漏风声可就麻烦了。"

没等李国民同意，苏岩过去就把人摁住了。被摁住的这个人叫张福，一口广西话，一句也听不懂。

苏岩装模作样地说："我回到宾馆找个会普通话的，好好审他。"

叶建林看到苏岩实在吃不了苦，只能配合他说："老弟，那就辛苦你了。"

– 5 –

到了宾馆，苏岩自己花钱开了个有空调的房间。进了房间，他把张福铐在了卫生间的水龙头上，自己钻进了热水池子里。

这是他在报纸上学到的经验。热的时候，用热水把汗都泡出来才舒服。

苏岩用热水泡自己时，张福问他："你是东北人吧？"

苏岩说："他妈的，你会普通话呀。"

张福说："我会一点点了，你们是不是要抓王军啊，他已经不在这里了。"

苏岩的心都快跳出来了，但他依然假装毫无兴趣地说："抓什么王军，张福你不要和我讲没用的了啊，我们这次就是来抓你的。你帮王军干了那么多坏事儿，你以为我不知道啊！"

这个张福过去只是给王军开过三轮车，被苏岩几句话就给忽悠出来了。

张福说："王军去海口了。"

–6–

去海口，李国民还要买火车票。

苏岩说:“海口是在海南岛上。”

李国民说:“海南岛上也通火车，我坐过，火车到海边会上轮船，可有意思了。”

苏岩火了:“有意思你奶奶个逼，你不就怕花钱吗？这次到海口不用你花钱！”

只要能破案能立功，警察自己花钱也愿意。

去海口的飞机上，叶建林和苏岩的内心很兴奋，但脸上表现得很平静。

搞案子不是搞科学，有了好线索只是前提，最终能否破案，还得靠运气。

警察这次的运气好到了天上。

到了海口就抓住了王军。王军刚刚把海口的一家公司也给骗了。

王军这种骗子骗来钱就花天酒地。

抓到骗子追不回来钱，对经侦来讲等于没破案。

当然了，至于追回来的钱是不是被骗子骗去的那部分，警察没法辨别。当时都这样，为企业保驾护航指的都是为本地区本系统！中国太大，片儿警能管好自己这片儿已经不错。

– 7 –

王军开始只给加工厂汇去 470 万。他说:“那些豆粕我就卖了这些钱。”

苏岩没理他。

从海口回林河也是坐的飞机。登机前，在候机室，苏岩把两根木棍伸进王军裤子里，绑在他的腿上。

王军说:“干吗这样？”

苏岩说:“这样你就跑不了了！”

王军说:“可这样我的腿太难受了。”

苏岩说:“你难受还在后面。到了东北，我能把你喂狗熊，你信不信？”

王军说:“我信我信。”

警察说到做到，在当时确实有这个威信。

苏岩说:“我不难为你，你也别难为我，你看加工厂报案时说的 600 万是经过我们物价部门认定的，现在你给我拿 470 万，我们回去没法儿交差。”

王军说:“600 万我要是都汇过去，你们还能不能多要？”

苏岩说:“如果我们多要不和你一样也成骗子了！”

– 8 –

海口到林河不能直飞，要在北京转机。

到了北京，李国民主动说:“都来北京了，咱们就在这儿住两天吧！”

叶建林说:“算了算了。”

李国民说：“厂里给我汇了两万块钱，让我好好陪你们玩玩。”

叶建林说：“我们帮你们追回来的钱，都是你们工人的集资款，你他妈的可不能瞎花呀！跟你说好啊，这次出差的费用，局里已经答应给我们都报销了，你拿的钱要如数带回去，听懂了吗？”

李国民说：“我听懂了。”

李国民大概见到为厂里追回了600万，也想借招待警察自己弄点儿！搁平时，叶建林睁一只眼闭一只眼。保卫科的跟着去抓人要比警察吃的苦还多。但这次叶建林不想也不敢。这个案子市委书记都亲自开会督办，在这方面要出了问题就不值当了。

–9–

在海口时，苏岩接到了一个温柔的电话，“哥，我是婷婷。”

苏岩说：“你这是北京的号了！”

婷婷说：“我要在北京实现梦想，我当然要用北京的号了！”

苏岩这个时候很想问，你的梦想到底是什么呀？可上次婷婷不想说，这次他也不想让婷婷为难。苏岩只说：“有机会，我到北京去看你啊！”

婷婷说：“那你现在在哪儿？”

苏岩说：“我在海口抓人刚抓到。”

婷婷说：“你回林河肯定得在北京转机是不是？那你在北京待两天呗！”

苏岩说：“婷婷啊，实在是抱歉，我转机是转机，但我在北京也就能待几个小时。”

婷婷说：“干吗这么急啊？你就是不想见我！”

苏岩说：“真不是。”

省厅已经正式对诈骗贷款立案了，苏岩得回去配合。

婷婷说：“那这样，你到北京时，我们在机场里找个咖啡厅坐坐行吗？”

苏岩说：“行啊！”

到了北京，婷婷不是自己来请苏岩喝咖啡，她还带来了一个老男人。

婷婷说：“这是我干爹刘总。”

苏岩热情握着刘总的手：“幸会啊，幸会，刘总，刘佳经常和我提起你。”

见面前，婷婷只是告诉苏岩她的本名叫刘佳。但她领干爹来，事先没说，好在苏岩反应及时。

干爹刘总没怎么吱声，他像亲爹似的，伺候着婷婷要这要那。

这个咖啡厅什么都有。干爹想都没想，直接点了瓶洋酒。

苏岩不喝酒，但知道酒。通过这瓶酒，苏岩看出了这个干爹非凡的实力。

苏岩喝了一口，真不错。

贵是有道理的。

苏岩喝酒时，婷婷笑了。

苏岩说：“你笑什么？”

婷婷说：“看见你就想笑。”

但苏岩不想笑。这次见婷婷至少有两个事儿：一是要感谢，苏岩给婷婷准备了一个信封；二是要问问婷婷的梦想。可看到了婷婷的干爹，苏岩觉得用不着感谢了。他信封里装的钱，都买不来一杯这样的酒。

至于梦想，苏岩也不用问了。

找个大款做干爹，这就是婷婷的梦想!

之前，婷婷虽然做小姐，可苏岩对婷婷充满敬重，现在没有了。

喝酒时，苏岩都想给婷婷来两句。但毕竟婷婷帮了自己那么大的忙，苏岩最终忍住了，只不过，最后苏岩向婷婷提出了个要求:“剩下的酒，我带回去，行吗？”

婷婷应该感觉出苏岩话里的意思了，她的笑容里出现了泪花：

“哥，我还以为你要把我带回去呢！”

– 10 –

哭是女人的武器。

仅仅看到了泪花，苏岩对婷婷就没想法了。不仅没想法，他还深深地理解了婷婷!

理解了婷婷，也就理解了杜娟。

之前，杜娟嫁黄亦工，苏岩的内心同样有想法。

现在一点儿想法都没有了。

那个时候，漂亮的女人找有钱的嫁有权的，已并不鲜见。

只不过是苏岩自己不接受而已。

苏岩想，我也要与时俱进啊!

我可以不追求，但别人追求我看着不就完了。

这是风景！

赏心悦目去看，能看出花儿来！

– 11 –

心态很重要。

人生苦短，别整没用的。

调整了心态，苏岩主动给杜娟打电话。

当然了，心态再好，也不能太直截了当。

苏岩打电话还是以工作的名义。

苏岩说："我们这次到外地，破的这个案子非常好。你们科长说了，让我和你联系，尽快把这个报道，配合你写出来。"

杜娟说："那你想配合呀？"

苏岩说："我听你的，你想怎么配，我就怎么配！"

杜娟说："呸！说点儿正经的！我们科长真和我说你们这个案子了。他让我争取在你们回来之前，给报社写个消息。"

苏岩说："你们办公室的传真号是多少？"

杜娟说："干吗？"

苏岩说："消息我已经帮你写了，我给你传去，你看看能不能用。"

林河市公安局经侦大队

抓获一名特大诈骗犯罪嫌疑人

林河市公安局经侦大队历经15日追捕，将诈骗我市华风粮油加工厂价值600余万元豆粕的犯罪嫌疑人王军抓获。

犯罪嫌疑人王军（男，32岁）系广西恒昌饲料公司董事长。他利用种种手段骗取了我市华风粮油加工厂价值600万元的豆粕，并以低于市场价抛售了全部豆粕，随后携带巨款潜逃。在逃跑期间，他隐瞒真实姓名，用伪造的身份证，逃避公安机关的追捕。

接到报案后，市委及市局领导非常重视，市委书记王学峰、公安局局长陈凯鸣要求经侦大队迅速侦破此案，并最大限度为企业挽回损失。经侦大队迅速抽调精干警力组成专案组。专案组组长叶建林带领侦查员苏岩、保卫干部李国民，先后赶赴广西、海南等地，化装成推销人员与犯罪嫌疑人的家属进行周旋，终于在海南省海口市将犯罪嫌疑人王军抓获。

经审讯，王军交代了自己的全部犯罪事实，并返还了全部货款。

近日，市华风粮油加工厂的领导拿着锦旗和表扬信来到公安局对局领导和干警们表示了由衷的谢意！

杜娟说：“锦旗他们能送吗？”

苏岩说：“必须送，送锦旗算什么呀，给他们追回来600万，送媳妇他们都能干。”

杜娟说：“你就知道干。”

苏岩不想在电话里这方面说太多，就转移话题：

“这个消息，你要是觉得行呢，我建议你马上再写个长篇通讯！”

杜娟说：“可我不会写长的！”

苏岩说：“你怎么不会？你会，哎，你看开头，你可以这样写……”

冒充巨商，指山卖磨，利用报纸广告，骗得巨款600万元。面对职工们急切、愤怒以至于无奈的目光，林河市公安局经侦大队开始了——

千里大追捕

——600万元特大诈骗案侦破纪实

杜娟

……

苏岩在电话里讲着开头怎么写，中间怎么写，结尾怎么写。他过去当过秘书，这次又是亲身经历，写这种侦破纪实简直轻松加愉快。

杜娟说：“不要在电话里和我讲了。”

苏岩说：“怎么了？”

杜娟说：“太费钱了。”

那个时候，像这样用手机打电话，的确很费钱。

苏岩说：“没关系，我有钱。”

杜娟说："有钱也不能浪费，再说钱又不是你的，都是你爸你妈辛辛苦苦给你挣的。"

杜娟显然对苏岩也有过很深的了解。

苏岩内心很柔软："你说得有道理，今后呢，我不浪费钱了，将来万一你离婚了，我还得娶你呢！"

杜娟的声音很柔软："你说什么呢，别乱说啊！"

黄亦工这次跟着孙俊百分之百会栽进去，杜娟离婚应该不可避免。

怕泄露案情，苏岩也急忙岔开了话题："那我不乱说。哎，那咱们接着说这个稿子吧，你看这个稿子，我们接下来怎么搞会搞得好一点儿呢？"

杜娟说："我觉得应该开个房间，我们在房间里一起搞，才能搞好。"

苏岩说："这么搞确实能搞好！"

杜娟说："那你下了飞机，咱们就到那个房间去搞，你看行吗？"

苏岩说："行。"

– 12 –

飞机落地开始滑行时，李国民才告诉苏岩和叶建林："我们厂长要给你们惊喜，但不让我说，我怕吓着你们，我觉得还是应该说！"

苏岩很疑惑："你要说什么？"

李国民说："你不是让我们工厂给你们送面锦旗吗？我们厂长决定把锦旗送到机场来！"

叶建林说:“你们厂长有病！锦旗要送到公安局，送到机场给谁看啊？”

李国民说:“当然给你们看啊。”

原来，加工厂并不是单纯送锦旗，他们带来了乐队、舞蹈队。

李国民说:“你们是英雄，我们要在机场搞个盛大的仪式，欢迎英雄凯旋。”

叶建林、苏岩心里都乐坏了，但嘴上却说:“你们净整没用的，来这么多人欢迎我们，你们多忙啊！”

李国民说:“不忙，工厂现在整天都没活儿干，再说了，就算忙，我们欢迎英雄的时间还是有的。你们千万不要介意。路费你们都给我们省了，我们总得表达点儿心意啊！”

叶建林对苏岩假惺惺地说:“老弟，人家工厂也是一片好意，咱们拒绝也不好。”

苏岩也说:“是呀，虽然是欢迎我们，但我们只是两个代表。应该说，他们欢迎的是我们整个林河市公安局！”

叶建林竖起大拇指:“有高度。”

苏岩说:“局里的《情况反映》我就这么写，你看行吗？”

叶建林说:“太行了。”

苏岩又问李国民:“搞这么大场面，你们没通知电视台啊！”

李国民说:“电视台、电台、报社全都通知了，他们全都来。”

叶建林对苏岩说:“这次咱俩脸露大了。”

苏岩说:“是不是有点儿过？这么整，咱俩真成英雄了，其实，咱俩没吃多少苦啊！”

叶建林说:“只要追回来了钱，就是英雄，追不回来钱，他妈的吃再多的苦，也是狗熊。”

李国民想得很周到：“给你们俩献花、戴花的是我们工厂里两个最漂亮的老娘们儿，她们可骚了，一会儿可别吓着你们！”

叶建林说：“怕吓着我们干吗不找两个年轻的？”

李国民说：“我们工厂里现在年轻的少。有几个漂亮的都不在工厂干了。”

叶建林、苏岩都没问，年轻的不在工厂干，那都干什么去了？

这是一个沉重的话题。

警察没问，李国民也没再往下说。

凯旋的欢迎曲就要在机场奏响，谁也不想破坏即将到来的喜悦！

– 13 –

还多亏这个话题有点儿沉重，使得苏岩和叶建林的心里有了点儿沉重的感觉，要不然扑面而来的沉重，更得把他们压得透不过气。

在机场的空地上，加工厂的乐队、舞蹈队的确来了。但舞蹈队没有跳舞，乐队更没有演奏。

那两个漂亮的老娘们儿也来了，但漂亮的老娘们儿既没有给叶建林和苏岩戴花，也没有给他们俩献花。

加工厂的厂长来了，主任来了，工人来了。但来了是来了，他们却都一个个傻站着，傻看着。

苏岩、叶建林刚刚出来，公安厅的李处长就要给他们戴上手铐。陪着他一起来的陈凯鸣不干了：“不管怎么说，他们是英雄，这么多人看着，我不同意给他们戴。”

李处长说：“不戴，他们跑了怎么办？”

陈凯鸣说：“跑了，你把我抓起来。”

来欢迎的人看到局长与处长发生了矛盾，呼啦围了上来。

厂长公开站在局长一边，对处长质问：“你他妈的哪儿来的？你他妈的凭什么抓人？”

厂长这样了，工人们更急了，他们把苏岩、叶建林团团围住，对要抓警察的人喊道：“抓人你吹牛逼，信不信我削你！”

李处长和陈凯鸣都有点儿傻眼，怕矛盾激化。陈凯鸣说：“不要戴手铐，赶紧走。”

李处长也马上同意陈凯鸣的意见：“好好好，让他们坐你的车走。”

虽然没戴手铐，可心里却比冰凉的手铐还凉。

离开机场时，苏岩、叶建林透过车窗注视着外面那些黑压压的、原本来欢迎他们的人群，眼里全都涌出了泪花。

– 14 –

李处长说：“你们为企业追回了这么多的钱，我承认你们是英雄，但既然你们是英雄，为什么我还要在大庭广众之下，在众目睽睽之下抓你们，这你们知道吗？”

苏岩不是第一次被查，他很清楚李处长这么做只是想给他个下马威。但苏岩装傻，故意胆怯地摇了摇头。

李处长说："作为省厅负责纪检监察的干部，我就是要让全社会知道，无论警察立了多大的功，一旦犯了法犯了罪，我就要严肃处理，决不姑息，决不迁就！"

苏岩说："李处长，少玩这一套，有什么话你他妈直说！"

如此通俗的话语，苏岩说得平静如水。本来要给苏岩下马威的李处长差点儿被苏岩噎死。他指着苏岩，半天没说出话。

苏岩继续气他："有话快说，有屁快放，怎么了，你犯心脏病了？"

李处长虽然算见多识广，但这样操蛋的干警，他真没见过。他被气得捂着胸口，好一阵才缓过来。

苏岩这么做有目的。上来就害怕就胆怯，对方就会认为自己肯定问题很严重，越是张口粗话越是态度蛮横，对方有可能忙中出错，轻易地把掌握的关键证据早早地抛出来。

李处长上当了。

苏岩说："你一个公安厅的大处长，找我这个小民警到底要谈什么呀？"

李处长拿出了一张照片，放在了苏岩的面前。

苏岩看完心里有底了。

李处长说："孙俊头上的伤是怎么回事儿？"

苏岩想说，孙俊头上的伤，那你去问孙俊呀，你问我干鸡巴毛？

但这些话，苏岩没说。正经问题不能再耍浑。

苏岩说："孙俊要自杀，他自己把头磕在了桌子上！"

李处长说："孙俊指控你，你对他进行了刑讯逼供。"

苏岩说："这我不接受，你可以去调查，那天我压根儿就没审孙俊，我审的是薛树波。再说，我干吗要对孙俊刑讯逼供？他的问题薛树波都已经交代。我对孙俊刑讯逼供，我得有目的有理由才行啊！”

苏岩的话刀刀见血。

任何警察刑讯逼供都是为了搞案子拿口供，既然都不需要孙俊的口供，苏岩当然就没理由去对孙俊刑讯逼供！

李处长说：“孙俊是实名向厅里对你举报，我是受厅领导委派过来调查，希望你能态度端正，积极配合我们的调查。”

– 15 –

一来一往，苏岩基本上明白，自己的问题应该不是很严重。目前看，只有孙俊告了自己，而真正受到自己刑讯逼供的薛树波并没有告他。

苏岩终于松了一口气。

自己对李处长的态度如此恶劣，李处长并没有怪罪自己，也说明自己的问题不重。

特别是，中午调查组竟然还让杜娟来帮着看自己。

杜娟是和市局纪检委的马贤一起来的。

苏岩假装和杜娟不熟，低头想着问题。

能让本局民警帮着看管，本身也透露出自己的问题确实不严重。

苏岩的心更加放松了，但放松是短暂的。每个被审查的，在结论未下之前，内心都不会真正放松。

苏岩想，既然问题不严重，干吗把叶建林也抓起来？

李处长是不是故意给他弄个假象来迷惑他！

苏岩过去对付罪犯也这么干！

苏岩知道自己有问题，也知道问题一旦被查出来，也够自己喝一壶。所以，他难免陷入复杂的思索中。

审讯与反审讯是不对等的。

被审讯者总在一脚门里一脚门外徘徊。这种徘徊对被审讯者是极大的折磨。

– 16 –

中午杜娟让马贤去吃饭。马贤起初不去，因为杜娟来只是配合他看着苏岩，他走了不好交代，但杜娟公开哀求他：“我想让苏哥帮我写篇稿子！”

都知道杜娟是未来局长的夫人，得罪杜娟等于得罪了未来的局长。马贤说：“你一个人能行吗？他别跑了。”

杜娟说：“他戴着手铐，怎么跑啊，放心马哥，他跑不了。”

杜娟都这么说了，马贤实在无法再拒绝杜娟。

马贤走了以后，苏岩批评杜娟：“你太明显了，这样不好。”

杜娟说：“有什么不好的。没事儿！”

杜娟不懂业务，苏岩也没法儿和她理论。

杜娟说：“干吗把你抓起来？你的问题很严重，是吧？”

苏岩说：“很严重的话，还能让你来看着我吗？”

杜娟说：“既然不严重，那干吗要由省厅来查你呀！我觉得，你应该很严重。”

苏岩说:“真不严重。”他简单地说了说孙俊告他打人的事儿。

苏岩说的目的,是证明自己没打人,可杜娟却坚定地认为:“你百分之百打孙俊了。”

苏岩说:“我为什么要打孙俊?”

杜娟说:“你想查孙俊,你没查明白,你打孙俊,这不很正常吗?”

苏岩说:“杜娟,你不懂,我真没打孙俊,现在省厅也认为我没打。”

杜娟说:“那是因为省厅被你糊弄了,要是我审你,肯定能审出来。”

苏岩说:“我是清白的,你审也是一样。”

杜娟说:“那就试试吧!”

杜娟拿出一条绳子,要给苏岩上绳。

苏岩说:“这是我教你的。你怎么还给我上呢?”

杜娟说:“给你上是想你说实话。”

苏岩以为杜娟只是开玩笑吓唬吓唬他,但没承想,杜娟却来真的。

杜娟上绳不熟练,这个绳上得有点儿狠。

苏岩都快哭了:“亲爱的,我受不了了。”

杜娟说:“亲爱的,既然受不了,那你就说,你到底打没打孙俊?”

苏岩说:“我没打。”

杜娟又上了一绳。

上绳勒的是别人,最终勒的是自己!

杜娟上的这两绳,把苏岩勒惨了!

苏岩的眼泪都出来了,他质问杜娟:“你干吗对我这么狠?”

杜娟说:“不狠你能说实话吗?快说,你到底打没打孙俊?”

苏岩终于说:“我打了。”

– 17 –

被审查中的苏岩本来就在胡思乱想，杜娟这么勒他，他想得更多了——孙俊不仅买通了区里，买通了市里，还买通了省里。

省里来的李处长故意让局里的杜娟这样对待我，显然是有计划。

计划应该是黄亦工制订的。

这么说，杜娟被黄亦工收买了！

谈不上收买吧？

杜娟是黄亦工的老婆。

可杜娟说过爱我呀！

……

无穷无尽的想法洪水猛兽般穿行在苏岩的大脑里。

崩溃就在眼前了。

还好，眼前的审讯者杜娟没什么经验。要不然，此时的苏岩肯定会缴械投降了。

苏岩现在的眼神应该是很可怕。

杜娟被吓住了：“亲爱的，你怎么了？”

苏岩说：“黄亦工让你来收拾我，是吗？”

杜娟蒙了：“你说什么呀？”

苏岩说：“千万不能告诉李处长你收拾我了，你这是刑讯逼供，我刚才说的不能当作证据，你懂吗？”

杜娟彻底蒙了：“亲爱的，没人让我来收拾你！”

杜娟知道自己惹祸了，她吓得眼泪不住地流。

尽管在崩溃的边缘，女人的眼泪仍然起作用。

苏岩说："亲爱的，别哭了。马贤就要回来了，你这么哭，马贤以为我把你打了。"

杜娟不哭了，却问："给你上绳真的这么疼吗？"

苏岩说："我不是给你也上过绳，你应该知道疼啊！"

杜娟说："我知道疼，可我觉得我能忍受啊！"

苏岩说："你能忍受，是因为我只是轻轻给你上，可你却这么狠……"

杜娟说："对不起，不是我狠，是你太面，你也太糠了。你给我上的时候，我只是觉得有小兔子在挠我心！"

苏岩说："可现在小兔子不只在挠我心，她还在伤我心啊！"

– 18 –

李处长说："你到底打没打孙俊？"

苏岩说："我没打。"

这句话说得有气无力。

李处长说："既然没打，那你这么看着我干吗？你心里有鬼是吗？"

苏岩说："我心里没鬼。"

李处长看着苏岩，似乎想搞清苏岩心里的想法。现在他还不知道，苏岩刚被杜娟收拾完，正处在崩溃的边缘。

苏岩上次把李处长弄得够呛，他也真怕苏岩再整出更加猖狂的话来。

李处长说："你打薛树波了吗？"

苏岩想了半天，终于说："我打了。"

李处长愣住了："你打薛树波了？"

苏岩说："是的，我打了。"

李处长说："你怎么打的？"

苏岩说："我扇了他的耳光，还给他上了两绳。"

苏岩这么说，李处长反倒紧张了。

省厅这次来有两个专案组，一是查苏岩涉嫌刑讯逼供，二是查薛树波涉嫌诈骗贷款。

薛树波诈骗贷款已经证据确凿了，如果苏岩打了薛树波，那获得的证据就会有麻烦。当然证据本身没毛病，有毛病的是获取证据的途径。这属于办案程序违法。

虽然当时不像现在这么严，但如果警察自己承认打了嫌疑人，这也非常难办。

李处长说："你确实打薛树波了？"

苏岩快崩溃了，但毕竟没崩溃。李处长反复这样问，他就感觉出了什么。

苏岩说："是你认为我打薛树波了，如果我不承认，你会认为我态度不好。"

李处长笑了。

这种笑是发自心底的。

一下子看到了李处长的心里，苏岩总算恢复了正常。

－19－

孙俊实名举报苏岩打人，让薛树波也参与。薛树波死活不答应。

薛树波说：“不要再惹事儿了！”

孙俊说：“不是我惹事儿，公安局要把咱们的案子移交到省里。现在不告警察，你我谁都跑不了。”

过去孙俊这么说，薛树波信。但自从听到了那两盘录音带，孙俊说什么，薛树波也不再信了。

于是，当李处长找薛树波了解情况时，薛树波坚决否认苏岩打了他：“苏岩没打我没骂我，他对我非常非常好，让我吃让我喝，他的态度像春天般温暖，我认为，他比我爸对我还好！”

－20－

查苏岩主要有两方面：一是，办案中是否刑讯逼供；二是，办案中是否接受贿赂。

薛树波如此赞美苏岩，值得怀疑。

李处长说：“你已经掌握了薛树波犯罪的证据，为什么还要放他？”

苏岩说：“我没放，我只是取保候审。”

李处长说：“取保候审只是借口，如果薛树波跑了怎么办？”

苏岩说：“他跑不了，我派人始终在盯着他！”

李处长说：“既然有工夫盯着，那你不放他不是更好吗？”

苏岩说：“我当时是想麻痹他，因为孙俊要自杀……”

李处长说：“孙俊要自杀，你放孙俊，你麻痹孙俊这情有可原，但你放薛树波是什么目的？”

这一点苏岩确实有点儿说不清。当时放孙俊不放薛树波，根本就麻痹不了孙俊。另外，苏岩最终要麻痹的是黄亦工。

敌人坏人都不可怕，可怕的是敌人坏人伪装成了自己人！

可这些话苏岩现在又没法儿说，也不敢说。现在他搞不清楚，这个李处长和黄亦工是不是一伙的。

李处长说：“薛树波涉嫌重大犯罪，你把他放了，是不是因为薛树波……”

苏岩说：“你认为薛树波收买我了，你认为薛树波给我钱了是吗？”

李处长说：“这还用我认为吗？”

这些年来，在这个问题上，苏岩敢和任何人叫板！

苏岩格外理直气壮：“李处长，既然你认为我这方面有问题，那你拿出证据来。”

一张传真纸啪的拍在了苏岩的面前。

苏岩傻眼了。

这张传真纸证明的压根儿不是苏岩接受了薛树波的贿赂！

但这张传真纸证明的，是苏岩最担心、最害怕、最恐惧的！

姜还是他妈的老的辣！

苏岩刚才的思路完全被李处长引到了别处，现在抛出的这最关键的证据，像泰山一样猛地把苏岩狠狠地压在了下面。

– 21 –

苏岩刚来经侦时，很不习惯。

走后门的可以堂而皇之。他在刑警队，走后门都偷偷摸摸。而且像杀人、抢劫那种重特大案子，走不走后门毫无意义。

一个杀人犯决不会因为走了后门就给放了。

也因此，类似的案子走后门的很少，领导干部来走后门的更少。

可在经侦截然不同。

走后门的人简直络绎不绝。

苏岩开始有点儿蒙。

造成这种局面，有很多因素。其中一条，警察抓了诈骗案嫌疑人，为了能尽快追回被骗去的赃款赃物，往往会允许嫌疑人取保候审。

取保候审虽然也是强制措施，可取保之后的嫌疑人大都不再候审。

这个做法究竟是如何形成的，谁也搞不清。

那个年代，发展是硬道理，公安机关为了给企业保驾护航，有时只能摸着石头过河。

走后门的也是看准诈骗案嫌疑人可以放，才毫无顾忌地大胆放心地来。

社会人、同学、朋友来苏岩都能对付。

最难对付的是领导干部。

苏岩心想，既然大家都在摸着石头过河，那我也跟着摸吧！

只不过，别人摸的是石头，他摸的是地雷。

– 22 –

林河市公安局经侦大队：

举报信内容经总队三处初步侦查，被举报人薛树波确涉嫌非法贷款。此案重大，涉案人员较多，侦办时须全力，须谨慎。建议向有关区、市领导通报，以便得到支持。

……

李处长指着这份复印件，问苏岩："这应该是省厅总队给你们经侦大队发的交办函吧？"

苏岩说："是。"

李处长说："这个交办函有正式件吗？"

苏岩说："没有。"

李处长说："为什么没有？"

苏岩说："因为这是我……伪造的。"

李处长说："为什么要伪造？"

苏岩说："是为了让来走后门的知难而退。"

李处长变得十分温和："这么说，你伪造省厅的文件是为了更好地办案，是吗？"

苏岩说："是！"

李处长拍了一下桌子："是个屁！不要为你脸上贴金了。苏岩，我见过无耻的，但我没见过像你这么无耻的。"

李处长的声音嗷嗷的，震得苏岩直晃悠。

苏岩说："我是无耻，但来走后门的更无耻！"

李处长说："闭上你的臭嘴！"他指着苏岩的鼻子，"你一个人民警察，竟然敢伪造国家的公文，你这是在犯罪！"

苏岩真想说：我知道我是在犯罪，但李处长，我不犯罪行吗？抓了诈骗犯可以不关不判，盗窃百万可以毙，诈骗上亿却还能活……

类似的话，苏岩想说的很多，可此时此刻，他一句也没说。

定他有罪的证据已经找到，而那些有罪的人却可以逍遥法外。

苏岩说："李处长，这个交办函虽然是伪造的，但类似的省厅相关交办函已经正式传给我们了。"

李处长说："既然你可以得到正式的交办函，那为什么你还要伪造？"

苏岩说："省厅的交办函到我们手里需要等，可我们在下面搞案子有时真的等不起。我想反正过几天真的就到了，我先整个假的，糊弄一下那些走后门的吧！"

李处长说："不要为自己狡辩了。苏岩，你伪造交办函，除了搞案子，还有没有干别的？"

苏岩说："我不明白您的意思。"

李处长说："你伪造交办函，别人知道吗？"

苏岩说："不知道。"

李处长说："你们大队长叶建林知道吗？"

苏岩说："他知道。"

李处长说："他制止了吗？"

苏岩说："开始制止了，但后来，他没法儿制止。"

李处长说："为什么？"

苏岩说："因为有很多事儿他都听我的，我比他有主意。"

李处长说："看起来，叶建林干的坏事儿，都是你出的主意！"

– 23 –

对苏岩采取的强制措施是刑事拘留。他没有和叶建林关在一起，关他的号子过去关过魏治国。当时，苏岩来看魏治国时，号子里的那些嫌疑人见到苏岩那个谦卑，仿佛苏岩是他们的爹，但这次则像是有点儿反了过来。

尽管表面还是对苏岩彬彬有礼，但目光里流露出的却是：他妈的，苏岩，你也有今天啊！

类似苏岩这样的警察进来，是很危险的。他收拾的嫌疑人不胜枚举，很多嫌疑人既怕他又恨他。现在他和他们关在了一起，怕没了，剩下的只是恨。

怕苏岩出问题，管教陈晓延亲自送苏岩进来。

号子里的老大是小二。

陈晓延对小二说："苏岩缺一根毫毛，我就把你的老二薅下来。"

小二说："陈哥，你放心，在林河敢动苏哥的，我还没听说过。"

小二嘴上那么说，夜里却把苏岩拉到墙角，好一顿威胁。

小二说："孙俊给我托话，让我告诉你点儿事儿。"

苏岩说："什么事儿？"

小二说："孙俊认为你最少要判两年，是吗？"

苏岩说："是。"

小二说："如果你真要判两年，孙俊让你现在就一头撞死！"

苏岩说:“为什么?”

小二指了指周围:“这里你还没听说过吗?一旦判决下来,他们会狠狠地收拾你。”

苏岩说:“怎么收拾啊?”

小二说:“他们会撸你,让你不停地射……”

小二准备说很多折磨警察的办法,但他刚说一个,就被苏岩摁在地上一顿踹。

小二说:“你踹我干吗?”

苏岩说:“你长着个欠踹的脑袋!”

小二是号子里的老大。苏岩踹了老大,等于他是老大了。

当然了,这个老大是暂时的。号子里的这些人都在等着最后时刻的到来。

现在的苏岩只是嫌疑人。嫌疑人不是罪人,在法院正式判决之前,苏岩还存在被冤枉的可能。

也就是说,苏岩在看守所有可能只是临时的,将来出去了他有可能还会继续当警察。

苏岩进来先踹了一顿老大,是虚张声势,他也想给号子里的人造成错觉,他是冤枉的,过两天真的就会出去了。

– 24 –

夜里,苏岩睡在了老大的位置。这个位置最好,也最舒服。可苏岩睡得却不好,也不舒服。

过去苏岩想过自己可能会进来，可那种想一点儿也不深刻。

就像打人时，他感觉到的别人的痛苦与他亲身体验的痛苦相差太大。

杜娟给他上绳时，他明白勒了别人最终勒的是自己，现在他又明白，送别人进来，最终自己也要进来。

漫漫长夜，苏岩睡不着，只能胡思乱想。

薛树波会不会告我？他会不会说出那两盘录音带？

将来到底会判我几年？

判了刑，我就不是警察了！

恨我的人不再怕我！

他们会怎么报复我？真的会不停地撸我吗？

……

苏岩不敢想了，可又不得不想。

望着窗外漆黑的夜，苏岩想到了死！

是的，也许死是最好的解脱！

– 25 –

第二天，李处长没来提审自己，苏岩有点儿毛。

第三天，李处长还没来提审自己，苏岩真毛了！

为什么不提我？

伪造公文罪不查了？

又有新的发现了？

薛树波告我了？

那两盘磁带找到了？

……

到了第五天，李处长仍没来提审自己，苏岩快得精神病了。

完了完了，我他妈的，这次肯定要被判刑了！

这个夜里，苏岩又开始想“死”这个问题！

前两天，只是想死，现在则想怎么死会舒服，怎么死不遭罪！

– 26 –

夜里两点了，李处长来提苏岩了。

苏岩又喜又怕。

喜的是李处长总算来提他了，怕的是半夜提他恐怕凶多吉少！

提苏岩的不是李处长，是局长陈凯鸣。

苏岩说：“陈局，是你！”

陈凯鸣说：“坐吧！”

苏岩坐在椅子里，目不转睛地看着陈凯鸣。陈凯鸣一点儿表情也没有。

苏岩很熟悉陈凯鸣，没有表情应该是出大事儿了！

确实是出大事儿了。

叶建林自杀了。

苏岩半天也没表情，过了好一会儿，才问：“因为什么呀？”

陈凯鸣没吱声。

苏岩说："是因为伪造公文吗？我和专案组已经说了，那都是我一个人干的。"

陈凯鸣说："叶建林是领导，他不制止且纵容，他的错误要比你重得多。但我认为，叶建林自杀不光因为这个事儿！"

苏岩说："他还有别的事儿？"

陈凯鸣点了点头："查出的至少已经有 17 万了。"

苏岩心如刀割："他应该也就 17 万。"

陈凯鸣说："你怎么知道？"

苏岩说："他要给父母买房子，向我借，后来又不借了。"

陈凯鸣没有再问。

经侦整天接触钱，在这方面犯错误，也真是太方便。

陈凯鸣说："专案组想要结案，可叶建林死了，有些事儿已经无法向他核实，所以，让我来问问你！"

苏岩说："问什么？"

陈凯鸣说："伪造公文叶建林交代是他强迫你干的，你开始不答应，他就威胁你，甚至还打了你……是这样吗？"

苏岩的眼泪涌了出来。

陈凯鸣没有再问，似乎等着苏岩把眼泪流完。

苏岩起身来到窗前，开始流的是眼泪，接着是鼻涕，最后伴着哭声，眼泪和鼻涕同时流！

陈凯鸣抽着烟，一直等到苏岩哭了差不多一个来小时，才说："既然叶建林把责任都揽了过去，你就不要再坚持了。我已经失去了一个兄弟，我不想再……"

陈凯鸣的眼泪这时也缓缓地流了下来。

苏岩说："陈局，我听你的。"

– 27 –

苏岩出来后，没有回家，而是到宾馆开了个房间。他把自己泡在热水池子里，整盒整盒地抽着烟。电话不停地响。

除了陈局、单位的，别的一概不接。

夜深人静了，杜娟打来了。

这是杜娟第五次打。

苏岩接了。

杜娟说："你在哪儿？"

苏岩说："我在家。"

杜娟说："我去你家了，你家里没人。"

苏岩说："有事儿吗？"

杜娟说："我要见你。"

苏岩说："这么晚了……"

杜娟说："是他让我见你！"

– 28 –

杜娟来了之后，见苏岩光着腚泡在池子里，也要脱衣服。

苏岩说："你别脱，我现在什么也不想干。"

杜娟说："你想干也干不了，我来事儿了。"

杜娟脱衣服是想帮苏岩搓澡。她搓得严肃认真，一丝不苟。

苏岩说："黄亦工知道咱们的关系吗？"

杜娟说："知道咱们挺好的，但好到这个程度，他不知道。"

苏岩说："他让你来见我干吗？"

杜娟说："不干吗，就是让我来关心关心你！"

黄亦工应该是害怕了。

苏岩进去虽然是孙俊告的，但肯定是黄亦工挑拨的。现在，苏岩出来了，黄亦工害怕也正常。

苏岩进去前，还真打算要报复黄亦工，特别是叶建林因此又自杀了，按理，苏岩要更猛烈地报复黄亦工。

但进了看守所再出来后的苏岩，现在谁也不想报复。

苏岩对杜娟说："你回去告诉黄亦工，我现在只想好好活着。"

– 29 –

即便苏岩出了看守所，局里也没让他回去上班。不追究其刑事责任，相应的处分还得有。至于是什么样的处分，省厅移交给了市局。市局见陈凯鸣出面保了苏岩，也不知该给个什么处分。

不给处分还不行，于是让苏岩每天到纪检委报到谈问题。

问题省厅的李处长都谈了，市局也没啥好谈的。每天来只是到马贤的办公室坐一坐。开始坐一天，后来坐半天，现在坐一会儿就走，马贤也装看不见。

苏岩问马贤："对我的处分到底得什么时候下来呀？"

马贤说："在研究。"

苏岩说："研究这么长时间了，怎么还在研究？"

马贤说："的确还在研究。"

苏岩反复问，马贤反复说。说到最后马贤烦了："哥，对你这个事儿只能研究。研究到最后可能也就拉倒了。"

苏岩其实不想拉倒。他希望对他能有个明确说法，但他又怕说法太明确了他接受不了。

上面应该是认定他受到了胁迫，才帮叶建林伪造了国家公文。

苏岩和叶建林的关系大家都知道，苏岩还能受到叶建林的胁迫？

这不胡扯吗？

连苏岩都觉得是胡扯。

– 30 –

但孙俊觉得不是胡扯。

孙俊说："为了自保，你把责任都推给了叶建林。叶建林不是胁迫了你，而是你胁迫了叶建林。叶建林不是自杀，是被你逼死的！”

孙俊这么说，苏岩竟然无法辩驳。

社会上传的比孙俊说的还具体。

局长陈凯鸣为了保自己的秘书苏岩，亲自逼迫叶建林自杀。

苏岩自己都觉得这个谣言传得他妈的有理有据。

孙俊说：“苏岩，过去我只是觉得你坏，但你坏到这个程度，我实在想不到。”

苏岩出来之后，孙俊一直想找苏岩谈谈。苏岩不想谈。可不谈，这个谣言便越传越凶。

苏岩说：“我没有逼迫叶建林，我们局长更没有。孙俊啊，你干吗要这么干？”

孙俊说：“我怎么干了？你认为这些都是我在瞎编，是吗？你都坏成这样了，瞎编我也得敢啊！”

孙俊的态度十分诚恳，似乎他也确实不敢瞎编。

孙俊说：“苏岩，这些所谓的谣言，都是你们局里传出来的。”

苏岩没吱声。

局里确实有人议论陈局出面保了苏岩。这是事实！

但事实是陈局在叶建林死之后才保苏岩！事实是苏岩抢着往自己身上揽责任，事实是叶建林的自杀与苏岩引起的这个责任没关系！但没关系只有省厅办案的知道，局里协助办案的都不知道。

既然不知道，局里有些议论很正常。

既然局里都议论了，社会上有议论更正常了。

苏岩见孙俊是想警告他不要瞎编传谣言，结果见了孙俊之后，他自己都得接受谣言！

孙俊说："你逼迫叶建林自杀，真的有点儿过了。苏岩，人活着要有底线。"

苏岩无法辩解，只能反问："那你有底线吗？"

孙俊说："我当然有了，我的底线就是永远不出卖朋友。"

苏岩看着孙俊没吱声。

目前来看，孙俊确实还没有出卖过谁。

孙俊说："老弟，现在薛树波却认为是我出卖了他！这究竟是怎么回事儿？我到底在哪方面出卖他了？"

孙俊这么说，显然还不知道婷婷，还不知道那两盘录音带。

录音带录的不仅有薛树波，还有薛树波的亲爹！

看起来，薛树波为了自保谁都能出卖，但亲爹他不会出卖。

孙俊说："老弟，你到底是用什么办法把薛树波灌迷糊了，为什么他如此坚定地认为是我把他出卖了？"

苏岩说："那你去问薛树波呀？"

孙俊说："我问薛树波快一万次了，他都不告诉我。我把他打了，打得他七窍都冒烟了，他也不告诉我。他妈的，我都快疯了。"

苏岩说："你疯什么呀？"

孙俊说："薛树波冤枉我出卖了他，我能不疯吗！"

– 31 –

薛树波说:“孙俊真的要疯了，我从没见过他这样。”

苏岩说:“他之所以这样，确实是你把他冤枉了。孙俊真的没有出卖你。”

薛树波不相信。

苏岩说:“那个婷婷开始想要对我下套，被我抓住了，我要收拾她，她害怕了，才在我逼迫下对你下套。薛树波，我之所以这么干，是想逼迫你交代问题，这你能理解吗？”

薛树波没吱声。自从被苏岩收拾之后，看见苏岩，他就浑身哆嗦。

苏岩拍了拍薛树波的肩膀:“我说的这些都是真的。”

苏岩之所以说这么多，是想得到薛树波的谅解。现在他最怕的就是这个秘密将来被薛树波供出去。那样的话，他有麻烦，那个在北京实现梦想的婷婷更要有麻烦。

苏岩已经对不起叶建林了，他可不想再对不起婷婷。

薛树波说:“老弟，我知道你想帮孙俊……”

苏岩说:“我帮他干吗呀！我现在想帮的只有我自己，还有那个婷婷……”

薛树波握着苏岩的手:“老弟，现在我想帮的只有我爹，还记得你的承诺吗？那两盘录音带……”

苏岩说:“你放心，我百分之百销毁！”

薛树波跪下再次给苏岩磕了一个响亮的头。

– 32 –

苏岩见了孙俊和薛树波没两天，两个人都被抓了。

省厅一共来了两个组。表面查苏岩、叶建林，暗中查薛树波、孙俊。

李处长之所以在机场众目睽睽之下抓苏岩和叶建林，也是为了更好掩护，好暗中去查薛树波和孙俊。

薛树波和孙俊涉嫌诈骗贷款上亿，这在当时是全省第一起。主管的副厅长亲自指挥。考虑各种复杂利益关系，省厅这次采取的是“异地调警”，从省城调来200多名警察。

公安机关讲究的是一网打尽。在这次命名为“春风行动”的抓捕中，除了孙俊、薛树波外，何胜、阎刚等37人，一夜之间全都归案。

– 33 –

魏治国给苏岩打电话：“中午吃个饭？”

苏岩逗他：“行啊，到我们局里食堂呗！”

魏治国信了：“你们食堂里吃得好吗？”

苏岩说：“还行。”

魏治国说：“能不能换个地方？”

苏岩说：“那就去喝羊汤吧！”

羊汤馆有个小雅间。

苏岩来时，魏治国已经点了一桌子菜。

苏岩说："咋点这么多？"

魏治国说："这么多都不如别的饭店一个菜贵。"

苏岩津津有味地吃着。

魏治国没怎么吃。

苏岩说："放心吧，这次虽然抓了这么多人，但这些人都与那个大案有关，你别害怕，不会抓你的。"

魏治国说："那是那是。"

"春风行动"抓了这么多人，林河市很多人都吓破了胆儿，都怕自己被突然抓进去。

苏岩说："这次行动是省里干的，省里不会干小的。所以呢，现在要是没抓你，就不会再抓你了！"

这起震惊全省的贷款诈骗案能告破，魏治国也起到了重要作用。在他的劝说下，知道内情的高守仁才向苏岩提供了关键的线索。

苏岩说："治国啊，你、高守仁都属于秘密立功人员，将来案子结束后，厅里还要给你们俩奖励呢！"

魏治国说："真的？"

苏岩说："真的。但你别期望太高啊！也就5000左右。"

魏治国说："5000我不要，给我个证书就行。"

有了这个证书，魏治国将来再出什么问题，警察多少会照顾。

苏岩说："治国啊，你看到这次风暴了吧！孙俊、薛树波过去在市里都是什么人物啊，没用，全都不好使！"

魏治国说："真正好使的只有你苏哥！"

苏岩笑了。

现在社会上把苏岩传得更邪乎了。

苏岩查孙俊要500万，孙俊没给苏岩给了税务局。苏岩急眼，抓了孙俊，抓了薛树波。后来孙俊给苏岩钱了，苏岩才放了孙俊、薛树波。孙俊告苏岩，省里抓了苏岩。苏岩为了自保逼死了叶建林。苏岩出来后开始报复。从公安厅调来了200多人，抓了林河30多人……

苏岩说："这帮 × 养的还有这么造谣的吗？公安厅是我家开的，说我调来了200多人……"

魏治国进行补充："还有的说你调来了一万多人……"

苏岩乐了："你也跟着气我是吗？老魏，你是不是也信社会上传的那些？"

魏治国说："信的话，我还能帮你去忽悠高守仁吗！老弟，别人那么说是因为他们不了解你。我了解你，你不是这样的人！"

苏岩说："那我是怎样的人？"

魏治国想了想，十分认真地说："本来你把我收拾了，按理说，我应该恨你，但我不仅不恨，反过来，我还主动帮你，这不很说明问题吗？你这个人讲究，够意思！说话算数……"

来经侦之前，魏治国这么说，苏岩真信。现在苏岩真不信。

苏岩看了看表："治国啊，别再拐弯抹角了。到底什么事儿，直说吧！"

即便苏岩这么说了，魏治国还是没直说："你不是收拾过我吗？别人就以为我恨你，所以，有人找到我……"

苏岩说："找到你干吗？杀我？"

魏治国点了点头。

– 34 –

苏岩都没问魏治国是谁找的他。

找魏治国来杀警察，这个人本身就没脑子。

魏治国来出卖这个人，只是想向苏岩表明：老弟呀，你看，这个事儿我可没参与啊！

苏岩现在已经成了瘟神，即便像魏治国这样对苏岩有恩的，也都唯恐避之不及。

苏岩想想，内心挺悲凉的！

也许，最后我真的会被人杀了！

杀就杀吧！

死也许是我最好的归宿！

苏岩在刑警干过，他对付过抢劫犯、杀人犯，这类人是真敢杀警察！生生死死，苏岩早就经历过。

苏岩不怕死，他怕疼，怕被折磨，怕被上绳，怕被撸老二，怕被侮辱……

说白了，苏岩怕的是生不如死！

– 35 –

苏岩接到了一个陌生号码打来的电话：“哥，是我！”

是婷婷的声音。

现在的苏岩除了怕生不如死，还怕这个婷婷！

真是怕什么来什么！

苏岩说："有事儿？"

婷婷说："能见见吗？"

苏岩差点昏过去。

这说明，婷婷回到林河了！

苏岩强装镇静："那就见见吧！"

婷婷说："在哪儿方便？"

苏岩说："咱们去喝羊汤？"

婷婷说："行。"

苏岩的手机是翻盖的，由于哆嗦，翻了半天才合上。

婷婷回来干吗？

专案组找她了？

她干吗见我？

省厅的是不是要设局抓我呀？

苏岩最后想明白了，别说抓我，就是毙我，我也得去。

– 36 –

已经不是饭口儿，饭馆儿里没什么人。但苏岩要的还是雅间。

又是一桌子的菜。

苏岩一口都吃不动了，婷婷吃得这个香啊。

苏岩说："你几天没吃饭了？"

婷婷没回答，就是一个劲儿地吃。狼吞虎咽的样子，让苏岩彻底放心了。

苏岩说："感觉你好像漂亮了？"

婷婷指着脸："我这儿开眼角了，看出来了吗？"

苏岩不懂装懂："看出来了。"

婷婷说："过些日子，我要出国来两刀，那你就看不出来了。"

苏岩说："你要变成鬼了呗！"

婷婷笑了。

现在的婷婷变化很大，过去她笑，苏岩会想到那个，现在她笑，苏岩想到的是……高雅！

苏岩说："干爹来了吗？"

婷婷说："不提他行吗？"

苏岩说："提提怕什么？这不是你的梦想吗？"

婷婷伸出手，摸着苏岩的脸："找个干爹就是梦想了，我还用这么费劲吗！"

– 37 –

你认为我找干爹是为了钱？

也对。

但我亲爹也不差钱。

我找干爹是不想花我亲爹的钱了。

我都这么大了，我都到北京来实现梦想了，再花我亲爹的钱，我亲爹该不放心了。

我的梦想不是干爹好不好?

我的梦想是当演员!

为了这个梦想，我亲爹花了老鼻子钱!

可我太不争气，考进了表演系，我却演得一点儿都不好，同学演猫像猫，演狗像狗，我连演人都不像。

干吗去当小姐?到现在我也没搞清，可能是一时冲动，也可能是我开窍太晚!我 22 了，还是处女，你说急不急人吧!

你没见过去的我，那个害羞啊，那个正经啊!

现在明白了，我那都是装出来的，我骨子里，其实……一点儿都不正经!

– 38 –

苏岩搞不清婷婷说的是不是真的，但看了婷婷拿出的一些照片，苏岩相信婷婷的梦想是当演员绝对是真的。

照片里的婷婷穿着现代的、古代的衣服，除了婷婷还有几个是明星!

苏岩说:“将来你也会成为明星是吗?”

婷婷说:“成为明星得老天给，那追求不来，我能追求的只是当个演员就行。”

苏岩说：“那你当演员你演什么呀？难道要一辈子演小姐吗？”

婷婷用手打着苏岩：“我当小姐是为了克服我心里的障碍。我才不演小姐呢，知道吗？我现在演的都是纯情少女。”

苏岩说：“可你现在已经不是纯情少女了……”

婷婷说：“是纯情少女的根本演不出那个劲儿，只有我这样的才能演好。换句话说，我现在演小姐可能真演不好，纯情少女演小姐放得开反而演得好。好了好了，不和你多说了，说多了你也不懂！”

苏岩说：“我他妈的是不懂，你们演戏的学问太多。”

婷婷说：“其实也没什么多的。苏岩，我感觉你要是去演肯定行，但你别演警察，你不像，你要是演坏人，保证谁都演不过你！”

苏岩内心深处的火一下子冒了出来：“得亏你现在是演员，搁过去，你要是这么和我讲话，我还得扇你顿耳光。”

婷婷说：“哥，你生气了。”

– 39 –

没吃完，苏岩就开车拉着婷婷离开了羊汤馆。

林河周围有很多山。

苏岩把车开上了通向西山的一条小路时，婷婷开始紧张了。她不停地和苏岩解释着：“我说你演坏人像，不是说你就是个坏人，恰恰因为你是个好人，你才能把坏人演得像，这个道理你明白吗？”

苏岩不明白，也不想明白，他看到婷婷被吓成这样，就开起了玩笑：“婷婷啊，我现在可后悔了！”

婷婷说：“你怎么可后悔了？”

苏岩说：“过去有那么多机会睡你，我都错过了。”

过去苏岩这样说，婷婷能把身体靠过来，把手伸进苏岩的衣服里。现在没有，婷婷用手捂住了自己的衣服，生怕被苏岩扒光似的。

本来一句玩笑，结果苏岩自己成了玩笑。

到了山脚，苏岩停好了车，婷婷却不下车。

婷婷说：“到这儿干吗呀？”

苏岩没理她，径直往前走，婷婷只好在后面紧紧跟着。

来到了几棵松树前，苏岩指着其中的一棵：“三年前，一个嫖客把一个小姐杀了，就埋在了这棵树下。”

婷婷呆呆地看着。

苏岩掏出一把刀，婷婷捂着脑袋直接坐在了地上。

苏岩说：“看把你吓的，这是水果刀。”

苏岩用水果刀在那棵松树下挖出了一个塑料袋。

塑料袋里套着塑料袋，有好几层，全都打开了，原来是那两盘录音带。

苏岩拿出小录音机，插上了耳机，让婷婷自己听，婷婷认真地听完。

苏岩说：“是那两盘吗？”

婷婷点了点头。

苏岩掏出了打火机点燃了，“你这次回来就是担心这个，对吗？”

婷婷否认：“没有。我是听说你被抓起来了，回来看看你！”

烧了录音带之后，婷婷好像又回到了从前。

苏岩伸出手摸着婷婷的脸："你怕我把你供出来，是吗？"

婷婷说："不是。"她主动把身体靠在了苏岩的身上。

苏岩闪开了。他现在可不想没事找事，他摸婷婷的脸，只是为了让婷婷放心。

苏岩说："你要做演员了，你现在很后悔你为我做的这件事儿！婷婷，我以我爸我妈起誓，让你做这个事儿，我也很后悔。"

婷婷又把身体靠了过来："我没后悔，再说当时是我主动要那么干的。"

苏岩认真地看着婷婷的脸："我是很坏，但我真的不会坏你。你帮我的这个忙，破了省里最大一起诈骗案，我感激你都来不及，我干吗还要坏你啊！"

婷婷摸着苏岩的脸："哥，我也没说你要坏我呀！"

苏岩把婷婷的手拿下："妹儿，你记住，哥欠了你一份情。哥将来想法儿报答你！"

婷婷说："你想怎么报答呀？"

苏岩想都没想，顺口就说："你不是当演员了嘛，哥听说你们这行坏人很多是不是？如果有坏人欺负你，你告诉哥。无论什么坏人，哥都能治，哥保证帮你把他给治老实！你信吗？"

婷婷说："我太信了。"

苏岩说："哥跟你没吹牛逼吧？"

婷婷说："哥你没吹牛逼。"

– 40 –

苏岩就是吹牛逼。

好人的好是相似的，坏人的坏却各有千秋。

治不同的坏人，得用不同的方法。

无论什么坏人都能治？典型的吹牛逼不要脸。

来经侦之后，总接触吹牛逼的骗子，时间长了，苏岩的牛逼也吹得炉火纯青。

当然了，苏岩和婷婷吹牛逼也是出于好意。

很明显，婷婷这次回来最担心的就是怕苏岩坏她。

苏岩吹牛逼就是想让她放心：我不仅不会坏你，有可能我还会帮你！

C第七章
HAPTER 7 〉

–1–

送婷婷去机场，苏岩都没下车。隔着车窗，看着婷婷远去的背影，苏岩的心平静如水。

一个小姐摇身一变成了演员，换普通人估计得很感慨：这个世界挺花花呀！但苏岩没这个感慨。

一线警察经常要遇到各种离奇古怪的人和事，见怪不怪已是常态。

送完了婷婷，苏岩回到局里督察的办公室，继续和马贤面对面地坐着。

马贤要打电话要写材料，被一个人老这么看着很别扭。

马贤说：“咱们谈谈吧。”

苏岩说：“谈什么呀？”

马贤说：“都谈过了是吗？”

苏岩说：“是。”

马贤说："既然都谈过了，今天就到这儿吧！"

苏岩说："好。"

苏岩起身准备走，局长陈凯鸣推门进来了。

陈凯鸣说："你干吗去？"

苏岩说："我上厕所。"

陈凯鸣说："上厕所干吗？"

苏岩说："尿尿。"

陈凯鸣说："尿挺多呀！"

苏岩没说话，"尿挺多"在东北话里常有别的意思。

陈凯鸣对马贤说："我要去市委，让苏岩送我一趟可以吗？"

局长如此客气，让马贤不知所措，"可……以啊！"

苏岩的案子虽然移交到了局里，但毕竟是省里牵头搞的，对马贤客气是对省里的尊重。

– 2 –

陈凯鸣说："市委书记要和你谈谈。"

苏岩毛了："谈什么呀？"

陈凯鸣说："谈你的问题。"

苏岩彻底毛了："那……我该怎么谈？"

陈凯鸣说："要实实在在一五一十地谈。"

– 3 –

王学峰很年轻，比他过去的秘书黄亦工大不了几岁。他让苏岩坐在他对面的沙发上，面带那种很慈祥的笑容。

陈凯鸣则坐在侧面的沙发上，像个秘书似的拿个小本儿要记录。

王学峰对他说："就是随便聊聊。"

陈凯鸣收起了小本儿，目光平静地看着。

王学峰看着苏岩说："当时厅里在机场以那种方式抓你和叶建林，我是有想法的。不管怎么说，你们完成了市里交给的艰巨任务，为企业挽回600万的损失，这一点是不容抹杀的。"

这些话，王学峰和苏岩这个副科级侦查员说不着，这显然是说给陈凯鸣听的。

苏岩说："谢谢书记对我们工作的肯定。"

王学峰说："肯定你们工作的不是我，是加工厂7300名干部职工！现在公安的首要任务就是为经济建设保驾护航，你们人民警察要时刻想着人民，要把执法为民当作自己的行动指南。"

苏岩先是看了看陈凯鸣，然后才说："书记您说得太对了。"

– 4 –

苏岩看陈凯鸣是想让陈凯鸣说，但陈凯鸣在这个场合不会说的。

市委书记说要"执法为民"。他是父母官，他必须为人民为百姓着想。

可陈凯鸣说的话，肯定要在前面加上“依法办案”。

公安强调的是依法办案。地方强调的是执法为民。

依法办案与执法为民在当时总有冲突。公安不是垂直领导，警察的工资由地方负担。但部里和厅里在业务上对局里有绝对的话语权。两方都惹不起。警察面对的是人民，更惹不起。

三方都惹不起，基层的一线人民警察的艰难可想而知。

大概也正因为如此，世界上只有中国的人民警察，才能近乎完美地协调好，如何依法办案与如何执法为民！

–5–

王学峰虽然谈了执法为民，好在没有过于强调。今天他找苏岩谈的不是理论，而是他的困惑。

王学峰说：“在经侦大队，你要天天接触钱，你一定有很多机会弄到钱，为什么这次你们领导都查出贪了十几万，而你却一分都没有？是省里查得不细，还是你藏得太深？”

苏岩说：“都不是，主要是我的确一分钱没贪。”

王学峰说：“你为什么不贪？难道仅仅是因为你家里不差钱？”

苏岩说：“我家里不差钱只是一方面，更主要的是因为我没把握。”

王学峰没吱声，看着苏岩。

苏岩说：“每次我想贪点儿时，我就老想着我要出事儿了怎么办。书记，您应该了解我们，我们这些警察总出事儿，总被查……”

王学峰说："你们为什么总被查？"

苏岩说："因为我们得搞案子啊！像加工厂被骗了600万这个案子，您限期半个月破案，书记，说实话，如果正常搞案子，根本破不了……"

王学峰说："破不了就不破呗！"

苏岩说："我是警察啊，我破不了案，我就不是警察了，我费劲巴拉地好不容易当上了警察，我必须要把警察当好啊！"

王学峰说："当这个警察，你后悔吗？"

苏岩说："后悔也晚了。"

说到这儿，王学峰就看着苏岩的眼睛。

苏岩只好也看着王学峰的眼睛。

两个人就这么相互看着对方有好一会儿，王学峰才突然说："苏岩，我问你，在林河，你认为党的干部里，有严重问题的，是占多数还是占少数？"

苏岩说："占少数。"

王学峰转身看着陈凯鸣："陈局长，把苏岩借我用段时间，我让他帮我把这些少数人通通找出来。"

– 6 –

陈凯鸣没想到，苏岩更没想到。

让苏岩帮着去找，实际上是让他帮着去查。

苏岩说："查我还没结论呢，我现在也属于被查的人，干吗还让我帮着去查别人？”

陈凯鸣说：“你现在恶名远扬，书记可能想用你以恶制恶。”

苏岩说：“陈局，恶名远扬都是坏人在造谣诽谤我。”

陈凯鸣说：“你认为你自己是好人吗？”

苏岩说：“我……不知道。”

陈凯鸣说：“如果坏人认为你是坏人，那你应该是好人。”

局长这么说自己，苏岩释然了。

对苏岩而言，干工作名义上是给国家给人民干，实际上是给局长干。

苏岩说：“陈局，那我该怎么帮着查呢？”

陈凯鸣说：“你自己的屁股还没擦干净，你千万不要张狂。让你查的内容都属于检察院和纪检监察，这方面你不懂，你像干公安工作那样胡来可不行。”

苏岩说：“陈局，你放心吧，今后干公安工作，我决不胡来了。”

－7－

回到家，苏岩掏出钥匙刚想开门，却吓了一跳。原来，每次离家前，他都在门的一个小暗处放一个小纸片。现在那个小纸片落在了地上！

苏岩仔细察看了门边及暗锁周围，没有任何撬压痕迹，这才放心。他自己的家并非只有他自己有钥匙。

那是谁来了？

苏岩的枪已经被没收，他从兜里只能掏出一把水果刀。他悄悄地把门打开，看到屋子里有光亮。他拿着刀慢慢地走了进来。

卧室里，杜娟躺在被窝里正在看书。她说："你拿刀干什么，你要捅我呀！"

暗红色的灯光下，杜娟像个狐狸！

苏岩把刀扔在了桌子上："我捅你用不着刀。"

苏岩掀开了被子，杜娟一丝不挂。

杜娟抢过被子把自己盖上："你干什么呀，缺德！"

苏岩说："你光腚干吗？"

杜娟说："我要给你搓澡呀！"

苏岩脱了衣服，钻进被窝里，杜娟就把身体紧紧地贴在苏岩的身上。

苏岩轻轻地推开杜娟。

杜娟说："你怎么了？"

苏岩说："没怎么的。"

杜娟抚摸着苏岩。

苏岩想和杜娟好好谈谈，可又不知从何谈起。

还是杜娟主动谈了："我要离开他。"

苏岩说："好啊！"

杜娟说："离开他，我也不会嫁给你。"

苏岩说："为什么？"

杜娟说："我是二手货了，嫁给你，你也不会珍惜我！"

苏岩把杜娟紧紧地搂在怀里。

杜娟把苏岩推开，十分认真："再说，你这个人太坏，你也不适合当丈夫。"

–8–

省里在林河启动了“春风行动”。

市里在林河刮起了反腐风暴。

反腐风暴的强度远远超过“春风行动”。开始，王学峰认为党的干部里应该只是少数人很操蛋，风暴一刮才知道操蛋的还真不少。

王学峰在会上公开表明态度：“无论是谁，无论涉及谁，一律严查，决不手软。”

只要一把手决不手软，只要一把手敢刮骨疗伤，一切都不是事儿！

黄亦工第一个被“两规”。

“两规”时，苏岩没跟着进去，只是坐在车里。

黄亦工被带出来时，杜娟竟然也跟着出来了。

苏岩把头低下，生怕被杜娟看到。

但杜娟还是看到了，她走到车跟前，透过车窗，十分惊讶地看着苏岩。

–9–

查黄亦工，苏岩也很紧张。

大的领导被查，秘书、司机，包括老婆，往往都得跟着被查。查黄亦工的老婆杜娟，如果查出和苏岩有一腿，苏岩的脸不好看，陈凯鸣、王学峰也都得跟着难堪。

好在黄亦工只是副区长，只查了他本人，“两规”后，他也很配合。他的问题很快查清，贪污、受贿三十几万。

黄亦工在区里分管的工作都很重要，油水也都很足，贪了三十几万真不多。

即便不多，王学峰也十分愤怒。和黄亦工见面谈话时，他特地把苏岩也带去了。

王学峰指着黄亦工：“你有车有房有司机，为什么还要贪污？”

黄亦工说：“一共才 30 万。”

王学峰说：“30 万还少吗？”

黄亦工说：“书记我错了，你帮帮我呗？”

王学峰说：“你过去是我的秘书，你让我怎么帮？”他指着苏岩，“他过去是陈凯鸣的秘书，陈凯鸣就敢帮他。为什么？他比你干净，人家一分钱不贪，如果你也不贪，我肯定也帮你！”

王学峰让苏岩跟着来，主要是让苏岩帮着审。王学峰把该说的话说完，就对黄亦工说：“你和苏岩好好谈谈！”

– 10 –

黄亦工说：“我和你谈什么呀？”

苏岩说：“你就贪污三十来万吗？”

黄亦工说：“这是你们查出来的呀！”

苏岩说：“那有没有还没查出来的？”

黄亦工盯着苏岩。他的眼里全是猩红的血丝。

苏岩说:“你别这样看着我，我觉得书记想帮你，但他又怕你不老实，将来再查出别的问题。”

黄亦工说:“我没别的问题了。”

苏岩说:“你没别的问题，你当时干吗要逼孙俊去死呀？”

黄亦工被问住了。

苏岩说:“你这 30 多万都不是孙俊给你的……”

黄亦工显然不想谈他为什么要逼死孙俊，他迅速地打断苏岩:“老弟，你怀疑叶建林是被我逼死的，对吗？叶建林是被你们省厅抓的，我压根儿就接触不到他！”

苏岩说:“叶建林自杀和你没关系，这我知道。你不要转移话题好不好？查你的不是我，是王书记。”

黄亦工说:“王书记害怕我把他牵连了，他还要往上走，他现在想帮我，又怕我还有其他问题，是吗？”

苏岩说:“是呀，那你到底有没有其他问题？如果有的话，你赶紧全都交代……”

黄亦工明显不想全都交代，他反问苏岩:“你自己的问题，你全都交代了吗？”

苏岩真被黄亦工问住了。

见苏岩不说话，黄亦工就盯着苏岩，“杜娟打过你，那是我让她打的。老弟，不管怎么说，你和杜娟好这么长时间了，对她，你不能赶尽杀绝，手下留点儿情，行吗？”

提杜娟黄亦工之前一点儿铺垫没有。苏岩完全傻住了。

显然，黄亦工早就知道他和杜娟的关系啊！

苏岩看着黄亦工，一句话也说不出。

黄亦工说："我知道你谁都不会放过的，但苏岩，你看到了，杜娟跟我只是想当局长夫人！可我这么一被抓，她什么都没有了……你把工作给她留着，行吗？老弟，我替杜娟求你了！"

– 11 –

苏岩首先被黄亦工说蒙了，接着，黄亦工自杀又把苏岩吓蒙了！

应该不仅仅是吓蒙了，是吓傻了，甚至是吓哭了。

苏岩把自己盖在被子底下失声痛哭。

叶建林自杀时，苏岩就这么哭过，那是为大哥哭。

这次黄亦工自杀，苏岩是为自己哭。

黄亦工你这个王八蛋！

你没有理由自杀呀！我和你谈完话，你自杀，你这不是告诉别人，你是被我逼死的吗？

我操你祖宗啊，黄亦工！

我操你八辈祖宗啊，黄亦工！

– 12 –

王学峰问苏岩：“你到底和黄亦工说什么了？”

苏岩来此之前已经反复思考过，所以现在他很平静地说：“我问黄亦工当初为什么要逼迫孙俊去自杀。”

王学峰果然来了兴趣：“黄亦工说了吗？”

苏岩摇了摇头：“黄亦工不仅不说，还紧着回避。”

王学峰用手指着：“黄亦工的把柄都在孙俊的手里，是吗？”

苏岩说：“应该是。”

– 13 –

苏岩说：“你到底有没有黄亦工的把柄？”

孙俊不吱声。

苏岩说：“黄亦工为什么要逼你自杀？”

孙俊还是不吱声。

孙俊不出卖朋友这方面确实很讲究，进来了这么长时间，他谁都没供，谁都没咬。但孙俊和别人装哑巴好使，和苏岩一点儿用没有。

苏岩趴在孙俊的耳边压低声音：“薛树波说没说，我有一兜子录音带？”

孙俊盯着苏岩看。

苏岩指着孙俊：“信不信，我能把你眼珠子抠出来！”

孙俊把目光移开了。

苏岩拍着孙俊的脑袋："社会上都知道你有很多录音带，如果我说，你把这些录音带都给我了……"

孙俊说："没人会信，我压根儿就没有什么录音带。"

苏岩说："要不咱们试试？"

孙俊说："试试就试试。"

这句话孙俊说得有气无力。

苏岩说："黄亦工为什么要逼你自杀？"

孙俊低下头，没吱声。

苏岩抬起他的头："那年邢玉坤杀了王雅琴，把尸体埋进了山里，还记得吗？"

孙俊说："记得。"

苏岩说："尸体是我找到的，知道吗？"

孙俊说："知道。"

苏岩说："尸体埋进山里，我都能找到，黄亦工为什么要逼你自杀……"

孙俊说："我怎么相信你？"

苏岩说："相信我什么？"

孙俊说："我没有那些录音带，我更没给过你那些录音带，你不能给我造谣。"

苏岩说："那我就不给你造谣呗！"

孙俊说："那我怎么相信你？"

苏岩把对薛树波说过的话又说了一遍："现在除了相信天相信地，剩下的，你就只能相信我！"

－14－

黄亦工之所以自杀缘于他个人生理上的隐私。警察对这种人司空见惯，但王学峰听完却惊讶无比，他问苏岩：“是真的吗？”

苏岩点了点头，“都是孙俊亲自给他安排。”他把一本厚厚的卷宗放在了王学峰的面前。

王学峰拿起翻看时，依然惊讶着，“我怎么一点没发现呢？”

苏岩在王学峰的耳边小声地说着，尽管他说得已经很委婉了，但王学峰还是捂住嘴，似乎要吐。他向苏岩示意着，苏岩拿起桌子上的餐巾纸递给他。

王学峰擦了擦嘴，又向苏岩示意：“柜子下面靠右那个门……对……打开，把书挪开，看到了吧！”

是一个精美的小箱。

里面有瓶红酒及开瓶工具。

苏岩打开，把红酒倒进了茶杯里，王学峰端起一饮而尽。

苏岩接着又倒了一杯。

王学峰指着：“你用那个杯，来，咱俩干一个。”

两个人干了之后，王学峰这才长长地松了一口气：“黄亦工自杀了，省里有人造谣，说他手里有我把柄，我为了自保，就让你把黄亦工逼死了。苏岩啊，这个社会现在是怎么了，有些坏人怎么老是唯恐天下不乱呢！”

让陪着喝酒，苏岩都发蒙，书记又如此不外道，苏岩彻底不会了。

好在苏岩给陈凯鸣当过秘书，他明白这个时候，不会也得装会。

苏岩说："坏人就是靠造谣活着。"

王学峰说："是啊是啊。"他指着卷宗，"这个可以给省里领导看，省里领导对我就不会有想法了，问题是，社会上的谣言不好对付啊！"

黄亦工这个事儿涉及隐私，别说向社会公布，市里的领导干部都不能通报。

大概喝了酒，苏岩的胆量来了："书记，我有个办法。"

王学峰说："你有什么办法？"

苏岩看着王学峰的眼睛，就把和杜娟怎么认识，杜娟和他感情怎么好，委婉地说了。

王学峰说："你这不等于给黄亦工戴绿帽子了吗？"

苏岩说："杜娟嫁给黄亦工之后，我和她就不来往了，但现在既然黄亦工死了……我就想不如我把杜娟娶了。这样的话，大家就认为，我是为了霸占他老婆，才把他给逼死了。"

王学峰半天没吱声。

苏岩只能静静地等着。这些天，他一直想着如何坦白他和杜娟的关系。他感觉今天是个机会。

王学峰亲自给苏岩倒了一杯酒："你和她正常恋爱正常结婚，我不反对，但如果仅仅为了消除对我的影响，就故意往自己的身上泼脏水，那我坚决不同意。来，干了。"

苏岩干了这杯酒，感觉无比甘甜。

– 15 –

黄亦工死后，杜娟就没再上班。这些日子，苏岩给她打了无数个电话，但杜娟一个都不接，一个都不回。

夜深人静了，杜娟总算回了。

杜娟说：“苏岩，我害怕。”

苏岩说：“你在家吗？”

杜娟说：“没有。最近我一直住在我妈家。现在，我想见你，行吗？”

苏岩说：“我去接你。”

杜娟说：“不用，我就在你家楼下。”

苏岩说：“那你赶紧上来呀，你不是有钥匙吗？”

杜娟进屋之后，就抱住了苏岩：“他死之前，给我打电话，让我嫁给你……苏岩，你要我吗？”

苏岩说：“我要啊！”

杜娟的眼里全是泪水。

苏岩抱起杜娟进了卧室。

杜娟说：“我都这么不值钱了，你干吗还要我……”

苏岩把杜娟抱在怀里：“别想没用的了，也别说没用的，行吗？”

杜娟点了点头，声音极其迷茫：“现在我想和你做爱，行吗？”

苏岩现在一点儿都不想，但也许只有做爱，才能让杜娟什么都不想。

苏岩说：“好啊，太行了！”

苏岩开始脱衣服。

脱到背心时，杜娟突然给了苏岩一刀。

刀刺入了肚子里。

苏岩疼得要昏过去。

杜娟瞪着眼睛似乎想再补一刀。

苏岩指着她：“你要是把我杀了，你就完了。”

杜娟说：“完就完！”

苏岩说：“你干吗呀！你完了你爸你妈怎么办？你想过他们吗？”

为了劝杜娟住手，苏岩说了很多类似的话，很多话后来苏岩自己也记不住了。他只记得，杜娟最后把刀扔在了床上，把手机放在了苏岩的身边……

杜娟走后，苏岩应该是忍着剧痛，先打了急救电话，接着就把刀捡了起来。他记得好像是用床单把刀上的指纹擦干净的……

在残存的记忆里，苏岩的大脑里出现了幻觉，他认为他不是躺在雪白的床单上，而是躺在血一样红的玫瑰里。

– 16 –

苏岩醒来的时候，天刚蒙蒙亮。他住的是单独的病房。

护士把外面的陈凯鸣叫了进来。

陈凯鸣握着苏岩的手：“王书记才走，你现在感觉怎么样？”

苏岩说：“还行。”

陈凯鸣说：“谁干的？”

苏岩说：“我自己干的。”

陈凯鸣不信："王书记让我第一时间给他打电话，我怎么和他说？"

苏岩说："真是我干的。叶建林死了说是我逼的，黄亦工死了还说是我逼的……局长，我真的受不了……可等我把刀捅进肚子里后，我又后悔了……"

说着，苏岩的眼泪还出来了："我觉得无论怎样，我都应该活下去。我还有我爸我妈……"

陈凯鸣有些不耐烦："别说了。"

苏岩说："您不信？"

陈凯鸣说："我信不信无所谓，你得让王书记信才行！你先好好休息，等见到王书记，你自己和他说吧！"

– 17 –

很明显，陈凯鸣不相信苏岩是自杀！

这让苏岩十分紧张，陈凯鸣不信，王学峰更不信了。

见到王学峰之前，必须要尽快和杜娟取得联系。

苏岩开了机，先给杜娟打。

杜娟关机。苏岩急得要命。

电话响了，是一个陌生号。

苏岩急忙接起。

是一个男人："苏岩吧！"

苏岩说："你谁呀？"

男人说："你不认识我。魏治国说要害你的那个人不是我……"

苏岩说："你到底是谁？"

男人放下了电话。

很快又来了两个类似的电话。

苏岩很烦，想关机，又怕杜娟打进来。

不仅陈凯鸣不信，连希望苏岩死的人都不信他是自杀。

苏岩有些绝望。

深深的凄凉开始四处弥漫。

苏岩想，或许，他的血管中果真流淌着残忍的血，只不过平时，它们总是潜伏抑或被压抑，只有血管破了，阴暗的血才能喷射而出？

苏岩躺在床上，没有丝毫睡意。他不知道是怕错过杜娟的电话，还是怕进入梦里，那些血管里残忍的血会刺破他肚子上刚刚缝合的刀口！

– 18 –

早晨六点多，苏岩的手机响了一下！

是杜娟办公室的号码！

她怎么回公安局了？

苏岩的手哆嗦着。他立即打回去，但电话始终占线。打杜娟的手机还是关机。

必须要抓紧时间了。

苏岩从床上爬起来时，肚子上的伤口跳动般地疼。

苏岩穿好衣服，把缠在肚子上的绷带全都塞进了裤子里。刚刚走出病房，一个护士就拦住他：“哎，你怎么下地了？”

苏岩说：“我上厕所。”

护士说：“不行不行，你快回去。你床底下不是有个小桶吗？”

苏岩指着医生值班室：“刚才那个大夫说我可以下地。”

护士半信半疑：“是王大夫吗？”

苏岩说：“是呀！”

– 19 –

早晨的这个时间，公安局的走廊里很静。

办公室的门虚掩着。

苏岩推门走了进去。

杜娟坐在桌子旁正涂着口红，她很平静地说：“你让他们都进来吧！”

苏岩坐在她对面的椅子上。

杜娟还说：“不用给我戴手铐子，我和你们走就是了。”

苏岩说：“戴什么手铐？你有病吧！我是一个人从医院里跑出来的。”

杜娟愣了一下，向外面看了看，才急忙起身，走到苏岩的跟前：“你把衣服撩起来。”

苏岩说：“干吗？”

杜娟说：“我看看你肚子！”

苏岩说：“你看不着，里面缠着绷带！”

到了这个时候，杜娟才想起问："疼吗？"

苏岩说："不疼。"

杜娟说："别怪我啊！谁让你老要娶我！"

苏岩想骂她，你公主啊，我他妈的娶你是可怜你！

杜娟说："黄亦工告诉我，你娶我是要一辈子折磨我，对吧？"

苏岩的伤口被这句话说得这个疼啊。

苏岩说："你不让我娶你，那我就不娶你。你放心，今后我百分之一万不再找你了。但从现在开始，你绝对不能和任何人承认你用刀捅我了，这行吗？"

苏岩的声音无比恳切，也无比急切。

杜娟却说："你要对我使什么坏呀？"

苏岩说："你把我捅了，我……还能对你使什么坏呀？"

苏岩如此委屈，杜娟的眼里反倒出现了泪花。

杜娟说："你就放过我不行吗？"

苏岩实在是没话说了，他只能说："亲爱的，求求你别哭好吗？"

杜娟没哭，只是哽咽着："我为什么要当警察，我就不想有坏人再欺负我，可我万万没想到，你这个警察比坏人还坏！"

苏岩现在时间很宝贵，他不想听杜娟磨叽。他用手擦拭着杜娟的脸颊，非常温柔："现在你能送我回医院吗？"

杜娟说："干吗让我送你回医院？"

苏岩说："让大夫给你看看吧，你现在肯定得精神病了。"

杜娟这时抱住了苏岩，她把脸贴在苏岩的脖子上："我得精神病也是被你坏的。"

– 20 –

杜娟晃动着袅娜的身体，稳健地迈着台阶。她穿的警服非常贴身，她的肩部、胸部和腰部连接起诱人的曲线。她走路时，曲线像波浪一样起伏。

苏岩的伤口继续跳跃般地疼着，他艰难地跟着杜娟来到了公安局的门口。

一辆出租车停了下来。

杜娟搀扶着苏岩上了车。

上了车，苏岩用力向里挪着。

杜娟说：“你别挪了，我坐前面。”

苏岩说：“行行行，那你坐前面。”

杜娟关上车门，却站在那儿看着苏岩。

苏岩试探地说：“不想送我了？你兜里有零钱吗？”

杜娟没有吱声。

苏岩说：“给我拿十块钱。”

杜娟还是没有吱声。

苏岩说：“你怎么了？”

杜娟说：“将来你会想我吗？”

没等苏岩回答，杜娟就绕过出租车，向一辆正在行驶的卡车跑去。

卡车刹车时发出了刺耳的尖叫声。

苏岩眼瞅着杜娟被撞了出去。

卡车还没有停稳，苏岩就已经冲过去把杜娟抱了起来。

苏岩抱着杜娟跑啊跑。

他真是蒙了，跑了大约二十来米才想起，他上医院应该坐出租车啊。

苏岩又向公安局门口跑。其实，他的周围有很多出租车，出租车都停下来了，出租车里的司机也都在看着他。

苏岩糊涂了，不知怎么搞的，他就想着他要坐公安局门口的那辆。

伤口在跑动中剧烈地疼痛起来，苏岩的双腿变得软绵绵的。快跑到公安局门口时，苏岩坚持不住摔倒了。

摔倒的时候，苏岩怕杜娟甩出去还傻乎乎地抱紧了她。这样一来，苏岩就压在了杜娟的身上。

苏岩心想，这可坏了！

杜娟的嘴角和鼻口已经流出了血。

鲜艳得像玫瑰一样的血把她的警服都染红了。

苏岩想站起来，可是已经力不从心。他感觉浑身的血全都集中到腹部的刀口上，它们猛烈地撞击着刚刚缝合不久的肌肤。

苏岩只能压在杜娟的身上，对她无奈地哭道："对不起，我不是故意的。"

FONGHONG
凤凰联动出品